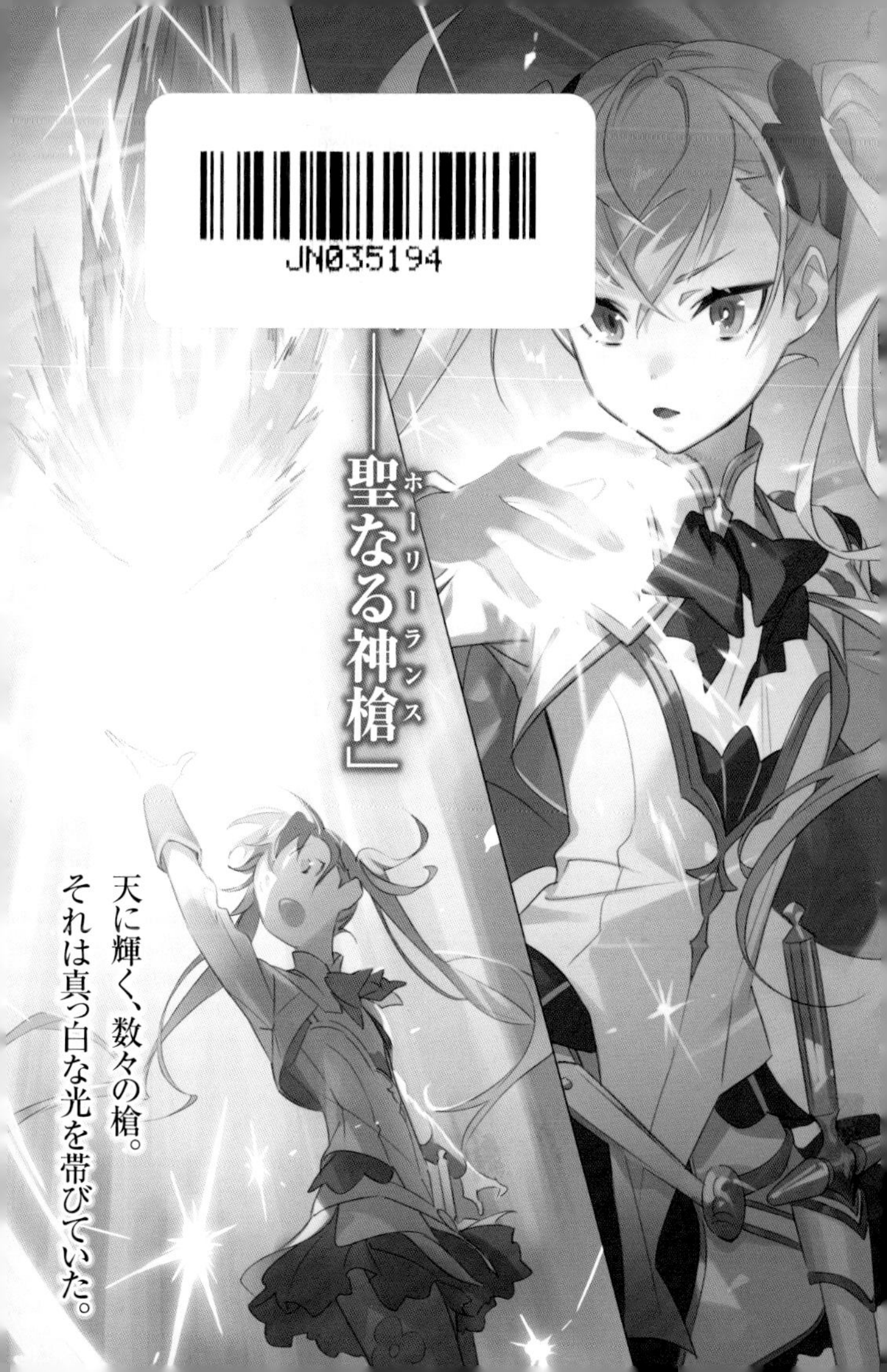

聖なる神槍《ホーリーランス》」
天に輝く、数々の槍。
それは真っ白な光を帯びていた。

JN035194

「あれは……ドラゴンゾンビ?!」

ドラゴンの成れの果て。
おそらく、
アンデッド特性を与えていたのは、
こいつのせいだろう。

「でも、シェリーも綺麗だよ」
「え……」
「髪もアップにしているし、ドレスもよく似合っているよ」
シェリーは髪を指先に巻き付けながら、じっと僕のことを見つめて来る。

追放された落ちこぼれ、辺境で生き抜いてSランク対魔師に成り上がる４

御子柴奈々

HJ文庫
970

口絵・本文イラスト　岩本ゼロゴ

目次

プロローグ　乖離《かいり》する想《おも》い

私は、初めは人類に対して、希望を持っていた。

人類はきっと、この黄昏《たそがれ》を打ち破ることができると。

そのために私は、この人類の先頭に立つべき存在になろう。

そのような気概《きがい》を、若い時の私は持っていた。

だが、私は対魔師《たいまし》としての序列を上げていくにつれて、人類の醜《みにく》さというものに直面することになる。

「サイラス」

「はい」

「次の任務は、第二結界都市での演説だ」

「演説、ですか？」

「そうだ」

「どうして、そんなことを？」

私は理解できなかった。

今すべきことは、少しでも黄昏の大地を取り戻《もど》すことだ。

だというのに、私に科される任務は徐々《じょじょ》に変わっていった。


「サイラスさん頑張《がんば》ってください！」

「応援《おうえん》しています！」

「サイラスさんならきっと……！」


そんな応援の言葉を言われるたびに、徐々に心に違和感《いわかん》が募《つの》っていく。

それから私は、史上最年少でSランク対魔師に抜擢《ばってき》されることになった。

十代でのSランク対魔師は史上初。

私は、人類のために命を捧《ささ》げる覚悟《かくご》をしていた。

絶対に、この黄昏を打ち破るのだと。

この悲しき宿命は、私の代で終わらせてみせると。

だが、自分のその認識《にんしき》は大きく間違《まちが》っていることに後で気がつくことになる。

「保守派……ですか？」

「うむ。革新派が現在、勢い付いていてな」

「それは知っておりますが」

「分かっているだろう？　人類が進む必要などはない。現状維持《いじ》をし、特権階級である私たちの権力こそが重要であると」

「そんなことは……」

「君は私たちと同じ、選ばれた人間だ」

「……」

「返事は今すぐでなくともいい」

「……分かりました」

最高司令部。

そこでは、保守派と革新派の派閥《はばつ》争いが行われていた。

保守派と革新派は、ほとんどが貴族たちで構成されている。

保守派は、下手《へた》に黄昏に打って出ることでいたずらに命を失わせるよりも、現状維持を主張としている派閥。

革新派は、旧態依然《きゅうたいいぜん》とした状況《じょうきょう》を打ち破るべく、黄昏に積極的に打って出るべきと主張している派閥。

現状では、保守派の方が優勢でかなりの権力を持っている。

他の貴族などの特権階級たちと繋《つな》がり、私利私欲のために生きている人間が上にいるなど、思ってもいなかった。

人類の目的は、みんな同じだと思っていた。

そうして気がつけば、私はSランク対魔師序列一位にまで上り詰《つ》めていた。

「サイラス。本日付けで、君をSランク対魔師序列一位に任命する」

「はい」

「分かっていると思うが……」

「分かっております。人類のために戦う、と同時に私たちの権利を守る。そうでしょう？」

「うむ。分かっておるのなら、良い」

「……」

革新派につくわけにはいかなかった。

保守派に表向きは所属しなければ、序列一位までは上り詰めることはできなかったからだ。

勢力としては、圧倒的《あっとうてき》に保守派の方が強いのが現状だった。

子どもの頃《ころ》は、立派な対魔師に憧《あこが》れた。

白分には才能があって、史上最強の対魔師と言われるまでになった。

だというのに、この心はいつまで経《た》っても空虚《くうきょ》なままだった。

徐々に黄昏での任務も減っていき、各結界都市での演説や貴族などを含《ふく》めた上流階級のパーティーによく参加するようになった。


「すごーい！　本当にサイラス様だ！」

「うわぁ……！　すごくかっこいい！」

「いえ。そんなことは」


パーティーでは、いつも極上《ごくじょう》の美女に囲まれる。

婚約《こんやく》の話だけではなく、夜の誘《さそ》いも数多くあった。もちろん、それは全《すべ》て断っていた。

一線を越《こ》えてしまえば、自分が自分でなくなってしまうと思ったからだ。

乖離していく、理想と現実。

自分は何のために、序列一位にまで上り詰めたのか。

「私は……何のために」

金、女、特権。

欲《ほ》しいものは全て与《あた》えると言われた。
ただ、私が本当に欲しかったものは――。

第一章　作戦続行

七魔征皇《しちませいこう》との戦いを終えたものの、まだ作戦が終わったわけではない。

黄昏結晶《トワイライトクリスタル》によって擬似《ぎじ》結界領域は展開されたが、まだ第二目標である駐屯《ちゅうとん》基地を設立するというものは達成されていない。

「ユリア。本当に大丈夫《だいじょうぶ》なの？」

「はい。今のところは、火傷《やけど》だけなので」

現在、僕《ぼく》は簡易的に設置されたテントで休みを取っていた。

隣《となり》にはエイラ先輩《せんぱい》もいる。

僕一人でも大丈夫だと言ったのだが、先輩がどうしても……と言うので寄り添《そ》ってもらっている。

先輩は治癒魔法《ちゆまほう》も扱《あつか》えるので、適任ではある。

「それにしても、ユリアに接触《せっしょく》してくるなんて……」

「僕を狙《ねら》っていたのは間違いないと思いますが」

相手の口調からして、僕のことを予《あらかじ》め狙っていたと思う。

適応者という言葉も気になるし、やはり僕には何かあるのだろうか。

「もし、今回の作戦が成功すれば、ユリアはもっと有名になるかもね」

「有名ですか？」

「ええ」

「どうしてですか？」

先輩は少しだけ間を置いて、言葉にする。

「そりゃあ、未知の敵対存在を撃退《げきたい》したんだから。作戦成功の立役者は、ユリアになるわよ」

「そんなことは」

「あるのよ。やっぱ、ユリアはすごい後輩《こうはい》ね」

にこりと微笑《ほほえ》みを浮《う》かべるエイラ先輩。

まるで自分のことのように喜ぶ先輩は、とても魅力的《みりょくてき》に見えた。

「そうだとしても、みんなの協力があったからこそです。人々の意思が、つながってきたからこそだと思います」

そうだ。

今まで数多くの人が、黄昏によって亡《な》くなってしまった。

でも、その人たちの遺志を継《つ》いで僕ら対魔師は進んでいる。

決して、僕一人の功績なんかではない。

「……大人ね」

「そうですか？」

「ええ。あーあ。何だか、ユリアが遠くに行っちゃうな〜」

「そんなことはないですが」

「そう？」

「はい」

「ふふ。ならいいけど」

機嫌《きげん》が良さそうだけど、どうしてだろうか。

と、他愛《たあい》ない話をしていると、ある人がやってくる。

「……エイラちゃん。あんまりイチャイチャしていると、周りから不満が出るから」

「べ、ベル⁉　見回りは⁉」

「もう交代の時間だよ」

「いつの間に……っ！」

僕としては、イチャイチャしているつもりはなかったのだが、側《はた》から見るとそうなのだろうか……。

「ユリア！　安静にね！」

「はい」

先輩はそう言って、颯爽《さっそう》と去って行ってしまった。

「ふぅ。エイラちゃんは、騒《さわ》がしいね。相変わらず」

「はは……でも、それが先輩のいいところでもありますよ」

ベルさんが僕の隣に座《すわ》る。

現在は、擬似結界領域の中に駐屯基地を設立しているところだ。

各Sランク対魔師は、それが邪魔《じゃま》されないように交代で見張りをしている。

七魔征皇がまたいつ襲《おそ》ってくるのか、分からないからだ。

「……ユリアくん。体調は？」

「問題ないと思います。僕も見張りに参加しても、いいと思うのですが」

「ダメ」

「ダメですか？」

「うん。絶対に」

ベルさんはいつも寡黙《かもく》で、自己主張などはあまりしないように思える。

ただ作戦などになると、そうではない。

しっかりと僕の目を見て、語りかけてくる。

「外傷は火傷だけに見えるけど、他は分からないから。結界都市に戻ったら、ちゃんと診《み》てもらわないと」

「分かりました」

「……うん。もうこれ以上、仲間を失いたくはないから」

ふと遠くを見るベルさん。

ベルさんはSランク対魔師として、ずっと前線に立ってきた。

その経験から、そのようなことを言っているのだと思う。

「それにしても……エイラちゃんと、仲が良いね？」

「はい。仲いいですよ」

「もしかして……」

「何ですか？」

じーっと半眼でベルさんが僕のことを見つめてくる。

「気がついていないのか、それとも敢《あ》えてなのか……」

「えっと」

「うん。これは前者だね」

「どう言うことですか？」

「ふふ。ユリアくんも、年相応のところがあるなって」

「は、はぁ……」

「まぁ、いつか分かる時が来るよ」

「そうですか？」

「うん。でも、いつまでも誠実にね」

「誠実に」

「うん。そうじゃないと、怒《おこ》るからね？」

「善処します」

「それがいいよ」

具体的に何を言っているのか。

分かりはしないが、ベルさんの助言は素直《すなお》に受け取っておこう。

「そういえば、リアーヌ様もとても心配していたよ」

「すみません。ご心配をかけてしまったようで」

「戻ったら、顔を出してあげて。きっと喜ぶと思うよ」

「はい。そうします」

「それにしても、大変なことになったね」

「そうですね。七魔征皇なる存在の台頭。黄昏には、まだまだ謎《なぞ》が多いです」

黄昏。

どうして、この現状が世界を支配し続けているのか。

どうすれば、人類にとって有害である黄昏を無くすことができるのか。

ずっと疑問に思ってきたけど、新しい敵対存在も現れた。

もしかして、七魔征皇が黄昏を操《あやつ》っているのだろうか。

「七魔征皇……七体の魔族と思っていたけど、一人一人はSランク対魔師に匹敵《ひってき》するか、それ以上かもしれないね」

「そうですね。僕が戦った相手は、少なくともそれぐらいの戦力はありました」

「でもこれはチャンス。こちらが動き始めたから、相手も焦《あせ》っているのかもしれない」

「はい」

ベルさんの言う通り、これはチャンスである。

けれど、懸念《けねん》すべきこともあり。

「チャンスではありますが、やはり裏切り者は暗躍《あんやく》しているようですね」

「……作戦が漏《も》れていたのは、間違いないだろうね」

そう。

僕を狙っての、敵の行動。

こちらの作戦を知っていなければ、僕だけをピンポイントで狙うことはできないだろう。

部隊の配置などまで、相手に漏れていたのは明白だ。

「けど、ユリアくんが敵を撃退してくれたのはとても大きい」

「ありがとうございます」

「……正直、ちょっと怖《こわ》かった」

「そうですね。いきなり、結界内に閉ざされましたから」

「うん……外から介入《かいにゅう》しようにも、できなかった。ともかく、無事で良かった」

ベルさんは微笑みを浮かべる。

ベルさんの言う通り、今回の敵は一筋縄《ひとすじなわ》ではいかなかった。

新しい技を使うことができたのは、非常に大きい。

ただその分、謎もまた増えた。

七魔征皇と裏切り者が繋がっているのは、間違いなさそうだけど……。

「そろそろ就寝《しゅうしん》時間だね」

「もうそんな時間ですか？」

「うん」

ベルさんは立ち上がる。

「じゃあ、私はこれで」

「はい。わざわざ、ありがとうございます」

「ううん。ユリアくんには、いつも助けられているから」

「いえ。それでは、おやすみなさい」

「おやすみ。ユリアくん」

テントから去っていくベルさん。

就寝時間とはいえ、交代で見張りをすることになっている。

が、僕は負傷者ということで、見張りをしなくてもいいと言われている。

「……」

一人になったテントで、虚空《こくう》を見つめる。

あの戦いから、それほど時間は経っていない。

まだ興奮が収まっていないのか、すぐに寝《ね》ることはできない。

頭の中で、情報を整理する。
あの時の戦闘《せんとう》。
敵は、火属性の魔法《まほう》を使う相手だった。
黄昏の中で二年間も彷徨《さまよ》ってきた。
その中で、凶悪《きょうあく》な魔物《まもの》に数多く出会ってきた。
そんな僕でも、あれほどの敵と出会ったことはない。
「一体、奴《やつ》は……」
と、思案してみるが、答えが出ることはない。
ともかく、状況は良い方向に進んでいる。
擬似結界領域も張ることができたし、今は駐屯基地も設立している。
駐屯基地は完全なものではないが、できる限りは進めるらしい。
そして僕は、やってくる睡魔《すいま》に身を任せるのだった。

翌朝。
「朝か……」

微《かす》かにテント内に漏れてくる日の光によって、目を覚ます。

「ユリア。起きてる？」

「先輩？」

「寝起《ねお》きって、感じね」

「すみません」

「いいのよ。まだ活動時間までは、時間があるし」

「そうでしたか」

エイラ先輩が、テント内に入ってくる。

よく見ると、先輩は手にサンドイッチを持っていた。

「はい。朝食」

「サンドイッチですか？」

「ええ。ちょうど補給物資が来たらしくてね」

「なるほど。良かったです」

今まではレーションなどの簡素な食事ばかりだったので、サンドイッチの匂《にお》いはとても食欲をそそるものだった。

黄昏での二年間、今までの任務などを通じて簡素な食事には慣れている。

でもやはり、食事が美味《おい》しいことに越《こ》したことはないだろう。

「卵とハム、どっちがいい？」

「余った方でいいですよ」

「ふーん。じゃあ、こっちで」

先輩が渡《わた》してくるのは、ハムの方だった。

少し気になるのは、先輩の持っている卵の方は、ちょっとだけ形が歪《いびつ》になっているようだった。

「先輩」

「ん？　どうしたの？」

小さな口でサンドイッチを頬張《ほおば》っている姿は、可愛《かわい》らしく見えた。

「どうして先輩の方は、形が歪なんですか？」

「ぎくっ……」

明らかに動揺《どうよう》している様子。

先輩はビクッと肩《かた》を震《ふる》わせ、明後日《あさって》の方向を見る。

「別に……持ってくる時に、ね」

「そうですか」

「うん。ごめんね？」

そう言ってはいるが、どうして目を合わせてくれないのだろう。

ちょうどその時だった。

「……エイラちゃん。自分で調理したなら、片付けくらい」

テントをめくって、そう言ってきたのはベルさんだった。

「ちょっとベル！」

「あ……その。ごめんね？　じゃあ、私はこれで」

「ベル！」

ベルさんは頭を軽く下げてから、去って行ってしまった。

「えっと、先輩が作ってくれたんですか？」

「……そうだけど？」

不機嫌《ふきげん》そうだった。

「とても美味しいですよ」

「本当っ⁉」

先輩は目を輝《かがや》かせていた。

嬉《うれ》しかったのかもしれない。

「はい」

「こほん。ま、まぁ一応先輩だし？　後輩の面倒《めんどう》を見るのは、当たり前なのよっ！」

胸を張って、大きな声を出す。

「このことは、誰《だれ》かに言うんじゃないわよ？」

「え、普通《ふつう》に美味しかったですけど」

「いいから！」

「は、はい」

よく分からないが、他言無用らしい。

「駐屯基地のことだけど」

「進んでいるんですか？」

「ええ。あと数日もすれば、大枠《おおわく》が完成するわ。任務もあと一週間以内には、終わるみたいよ」

「あと一週間ですか」

「早く帰りたいでしょうけど、もう少しの辛抱《しんぼう》よ」

「分かりました。今日は僕も出ます」

「ダメよ。ユリアはよっぽどのことがない限り、安静にって話だから」

流石《さすが》に体はかなり良くなってきている。

治癒魔法もあって、体は万全《ばんぜん》だ。

魔法も問題なく使えると思う。

ただ、先輩はじっと僕の目を見つめてくる。

「何かあったら遅《おそ》いんだから」

「でも……」

「ダメよ。けど、今日は基地設立の手伝いはしてもいいわよ。戦闘は絶対にダメだからね？」

「分かりました」

何か役に立てることがあるのなら、良かった。

じっと待っていることなど、できないのだから。

「それじゃあ、私は行くわ。ユリアは無理しないようにね」

「はい」

そうして、今日一日が始まるのだった。

「ふぅ」

日も暮れて、今日の作業はここまでになった。

建築作業は魔法も使うけれど、手作業で進める部分もある。

駐屯基地を作るための建築作業や、外壁《がいへき》の作成。

やることはまだ多くある。

僕は、それを手伝いながら色々な人と会話をした。

みんな僕に会うと、感謝の言葉を述べてくれた。

こうして駐屯基地を設立できているのは、僕のおかげであると。

自分の戦いは決して無駄《むだ》ではないと分かって、改めて嬉しさを感じた。

それから、作業を進めていく中、特に魔物などの大きな襲撃《しゅうげき》はなかった。

「ユリア。今日も頑張っているな」

「ロイさん」

作業を終えたところにやってきたのは、ロイさんだった。

体は少し汚《よご》れていて、戦闘をしていたのが窺《うかが》える。

「戦っていたんですか？」

「あぁ。ちょっとな」

『大丈夫でしたか？』

「雑魚《ざこ》だったしな。で、ユリアは今日も手伝いか？」

「はい。今できることは、これだけですから。本当は、一緒《いっしょ》に戦いたいんですが……」

「ははは！　ま、絶対にベルが許すことはないだろうな」

「そうですね」

「あいつは寡黙なやつだが、仲間想いだからな」

「ですね」

「よし。今日は一緒に飯でも食うか」

「お付き合いします」

「だが、酒もねぇし、ロクな飯じゃねぇけどな」

「ははは。でも、食事できるだけありがたいですけど」

「そりゃあ間違いねぇ」

　ロイさんが歩いていくあとを、僕もついていく。

「そろそろ、任務も終わるな」

「意外とあっという間でしたね」

「そうだなぁ……ただやっぱり、犠牲《ぎせい》は出るもんだな」

「……はい」

　今回の任務で、一人も犠牲が出なかったわけではない。

　黄昏危険区域での戦闘は、それなりに危険が伴《ともな》う。

僕らSランク対魔師であったとしても、油断はできない。

七魔征皇による被害《ひがい》は出なかったが、襲ってきた魔物との戦いで命を落とした対魔師はいる。

「ユリアは慣れてねぇみたいだな」

「いつまで経っても、慣れる気はしません」

「……だな。俺《おれ》もかなり経験しているが、この感情は整理しきれねぇ」

「ロイさんでもそうなんですか？」

「あぁ。初めて仲間が死んだときは、そりゃあ落ち込《こ》んだもんだった。二度と戦場に出たくないと思うほどな。でも、俺には力があったし、才能もあった。死んでいった仲間の遺志を継ぐ為《ため》にも、止まることはできなかった」

ロイさんは遠くを見据《みす》えながら、そう言った。

Sランク対魔師は、みんなどこか達観して見える部分がある。

しかし、同じ人間であり、思うところがあるのは同じだった。

「ユリアはまだ十五だろ？」

「はい。そうですね」

「若い奴ほど、精神的に耐《た》えられない奴が多いが……お前は大丈夫そうだな」

「……いえ。いつも後悔してばかりですよ。でも、前に進む意思だけは失わないようにしています」

「そうか」

それ以上、ロイさんが追及してくることはなかった。

「で。なんで知っているんですか？」

「え。エイラの手作りはどうなんだ？」

二人で食事を取っていると、ロイさんがそんなことを言ってきた。

「あいつ、隠れて作っているつもりだが、俺にはバレバレだぜ」

「先輩は僕が負傷したから、わざわざ作ってくれているみたいで。本当にありがたいです」

「……ユリアは、気がついてないのか？」

「何がですか？」

「以前もベルさんに似たようなことを聞かれた気もするけど……。

「そりゃあ――」

ロイさんが言葉を続けようとした瞬間だった。

「いてっ！」

後ろに立っていたベルさんが、ロイさんの頭に拳を下ろした。

「おいベル！　何するんだよっ！」

「ロイ。あまり首を突《つ》っ込んだらダメ。当人同士の問題なんだから」

「……分かった」

「そ。ならいいけど。次言おうとしたら、もっときつくするから」

「あ、あぁ……」

ロイさんは頬《ほお》が引きつっているようだった。

いつもは強気だけど、やはりベルさんには頭が上がらないようだった。

「おー、こえーこえー」

「結局、何の話だったんですか？」

「ま、いつか分かるさ」

それからは、二人で他愛ない話をするのだった。

◇

ついに最終日となった。

駐屯基地の設立も、今日で終わりだ。

僕はいつものように作業を続け、昼前には終わることになった。

「よし……っ！」

まだ完璧《かんぺき》なものではないが、駐屯基地の設立が完了《かんりょう》した。

無事に今回の作戦は達成されたのだ。

今まで、人類が黄昏《たそがれ》の土地を取り戻《もど》すことはできなかった。

その前例が、やっと覆《くつがえ》されたのだ。

百年以上の時を経て、人類はやっと前に進むことができたのだ。

周りを見ると、歓喜《かんき》の声を上げている人がたくさんいた。

「ユリア。お疲《つか》れ」

「先輩」

「無事に終わったわね」

「そうですね」

「あとはインフラの整備もあるけど、基地内に通信環境《かんきょう》もあるし、転生魔法も今後は実用化されるわ」

レンガや砕石《さいせき》などによって構築されている基地は、どこか厳《おごそ》かに見える。

駐屯基地の規模は、それほど大きくはない。

収容できる人数も、まだ百人は無理だろう。

とはいっても、十分に基地としての役割は果たしている。

防壁《ぼうへき》などはまだ完成していないが、ゆくゆくは本格的なものになっていくだろう。

「はい」

「本格的に、今後は黄昏での探索《たんさく》ができるようになるわね」

「そうすれば、今よりも犠牲を減らすことができますね」

「ええ」

今まで、黄昏を探索するといっても、あまり奥までは進めなかった。

ただし、現在は黄昏危険区域レベル2に駐屯基地を設立できた。

そのおかげで、より深いところまで進むことができるようになる。

もちろん、黄昏の濃度《のうど》が濃《こ》い場所なので、簡単に進めるとは一概《いちがい》にいえないが、今までよりは容易に探索ができるだろう。

基地があるだけで、対魔師《たいまし》の生存能力が上がるんだ。

それは、人類にとって大きな後押《あとお》しになるだろう。

今までは失う命も多かったけれど、今後はそれをさらに減らすことができるからだ。

ファーストライト作戦。

人類の新しい未来を切り拓《ひら》くための作戦だったが、無事に終えることができた。

七魔征皇の出現などもあったが、とりあえずは成功させることができて良かった。

「さて、戻りましょうか」

「やっとですね」

「ふぅ。これで綺麗《きれい》なお風呂《ふろ》に入れるわね」

「そうですね。僕も早くシャワーを浴びて、ゆっくりと寝たいです」

「そうね～。美味しい食べ物も、待ってるわ！」

「あ、食事のことですが」

「何？」

「毎朝、ありがとうございました」

あれから先輩は、ほぼ毎日朝食を作ってくれた。

だから、感謝の言葉を述べておこうと思った。

「べ、別に……当然のことだし」

「それでも、ありがとうございました」

「じゃあ、戻ったら……一緒に買い物でも行かない？」

「いいですよ。それくらい」

先輩はとても小さな声で、「やった」と言った気がしたが、気のせいかもしれない。

そうして、人類は初めて黄昏の土地を奪還《だっかん》することに成功したのだった。

◇

第一結界都市。

僕らは無事に、戻ってくることができた。

久しぶりに結界都市を目にして、少しだけ感慨深《かんがいぶか》いと思う。

そうだ。

僕らは成《な》し遂《と》げたのだ、という気持ちでいっぱいになった。

「おおお！」

「帰ってきたぞ！」

「作戦は成功したんだ！」

「おめでとう！」

「ありがとうー！」


結界都市内に戻ってくると、僕らは祝福の声に包まれる。

少しだけ手を上げながら、僕らは歩みを進めていく。

よく見ると、学院の人も来ているようで、見知った顔も数多くあった。

人類が初めて黄昏から土地を奪還した瞬間。

結界都市を襲撃される、Ｓランク対魔師の一人が殺されてしまうなどのことがあったが、やっと人々にとって明るい知らせを届けることができた。

「ユリア！」

「おかえり！」

「シェリー。ソフィア」

シェリーとソフィアが、僕《ぼく》の方に近寄ってくる。

「無事に終わったのね」

「うん」

「大丈夫《だいじょうぶ》だった？」

「……うん」

七魔征皇と戦ったことは、今は話さないでおいた。

今は二人を心配させても、仕方ないから。

リアーヌ王女にしっかりと報告した後に、話す機会があるのならしておこうと思う。

「作戦は成功したんだよね？」

ソフィアが尋《たず》ねてくる。

「無事に終わったよ」

「よ、良かったぁ～」

一気に力が抜《ぬ》けるソフィア。

「ユリア。ちゃんと帰ってきてくれて、良かったわ」

「色々とあったけど、成功したよ」

「そっか。ユリアがいるなら、当然かもね」

「シェリー。そんなことはないよ。みんながいたからこそ、成功したんだ」

「そうね。ごめんなさい。でも、無事に終わって良かったわ」

シェリーとソフィアはそれから気を使ってくれたのか、すぐに人混みに戻って行った。

また一緒に遊ぼうと、二人は言ってくれた。

「ユリアさん」

声がした方を向くと、深く帽子《ぼうし》を被《かぶ》った女性が立っていた。

顔をよく見ると……。

「リアーヌ王女ですか？」

「はい」

小声でそっと話しかけると、彼女《かのじょ》は微笑《ほほえ》みながら答えてくれる。

「よかったです。ベルも無事に帰ってきたようで」

「ですね」

「通信でも話しましたが、しっかりと進行しているようで」

「ええ。転生魔法の件も、いずれは」

「はい。それでは、私はこれで。また落ち着いたら、お話ししましょう？」

リアーヌ王女もまた、そう言ってすぐに去って行った。

「……ユリア」

「はい。なんですか、先輩《せんぱい》」

「仲良いのね」

「そうですね。みんなとは、仲はいいですよ」

「ふーん。ま、いいけど」

じーっと半眼で僕のことを見ると、先輩はどこかに行ってしまった。

「ユリア君」

次にやってきたのは、サイラスさんだった。

今回作戦では別部隊だったので、あまり会うことがなかった。

「サイラスさん」

「今回の作戦、成功の立役者は君だよ」

「そんなことは……」

と、否定しようとした時だった。

サイラスさんは、冷たい声でこう言った。

「いや、これは事実だ」

「サイラスさん？」

彼《かれ》はまるで独り言のように、話を続ける。

「謎の存在である七魔征皇の撃退《げきたい》。おそらくは、あれがなければ今回の作戦は失敗していた。今回の件は、上層部にも報告しておくよ」

「ありがとうございます」

反射的に、頭を下げる。

するとサイラスさんは、悲しそうな表情をする。

「ただし、これから先ユリア君は忙《いそが》しくなると思う」

「どういうことですか？」

「それはきっと、これから分かるさ。では、私はこれで」

サイラスさんもまた、そう言って去って行ってしまった。

これから忙しくなる、か。

果たしてどういう意味なのだろうか。

僕はサイラスさんの言葉の意味を、数日後に理解することになるのだった。


「ふぅ……」

自室へと帰ってきた。

帰り道では、色々な人に声をかけられたので、すぐに帰ってくることはできなかった。

僕は備え付けのシャワーを浴びてから、椅子《いす》に腰掛《こしか》ける。
今まではずっと黄昏で生活していたので、なんだか不思議な感じだ。
「どうしようか」
完全に手持《ても》ち無沙汰《ぶさた》だった。
時間をつぶすときは、もっぱら読書ばかりしているが、今はそんな気分ではなかった。
「整理するか」
僕は改めて、情報を整理することにした。
ファーストライト作戦の内容は、擬似《ぎじ》結界領域と駐屯《ちゆうとん》基地の設立だった。
黄昏結晶《トワイライトクリスタル》による擬似結界領域を展開することには、すぐに成功。
ただし、その後に七魔征皇の襲撃があった。
出会った七魔征皇は二人。
炎《ほのお》を纏《まと》う巨体《きよたい》のやつと、細身のやつ。
知的に話をすることもあって、知性は人間と同等かそれ以上。
戦闘力《せんとうりよく》においても、Sランク対魔師と遜色《そんしよく》はない。
ただどうして、あのタイミングで七魔征皇が襲《おそ》ってきたのか。
ベルさんとも話はしたが、作戦が漏れているのは明白だ。

裏切り者が漏らしているのだろうが、果たして……。
ただし、徐々《じょじょ》に近づいてきている気はしている。
作戦も無事に成功したし、相手は焦っているかもしれない。
第一結界都市の襲撃とファーストライト作戦の襲撃。
敵の思惑《おもわく》を、二つも潰《つぶ》す事ができた。
が、ここで大きな何かを仕掛《しか》けてくるかもしれない。
表向きは、人類はしっかりと進んでいるように見える。
もちろんそれは、事実ではあるが、裏では進行していることもある。
七魔征皇の台頭に裏切り者の件。
まだまだ、僕ら人類にはやるべき事が多くある。
けれど、それすらも乗り越えて、いつかきっと青空にたどり着けると信じている。
「いつか、きっと……」
作戦は成功した。
その実感はあるけれど、これから先はさらに新しい任務をすることになるだろう。
サイラスさんが言っていたのは、そのことかもしれない。
今後は、黄昏危険区域レベル2以降に進むことになる。

僕は最深部まで行った経験はあるが、あのときは逃《に》げているだけだった。

今後は、戦う必要があると考えると、かなり苦労するだろう。

黄昏は決して油断できない場所なのだから。

「よし」

改めて、決意する。

しばらくは休むことになるだろうが、今後も人類のために戦っていこう。

人々を守るために、僕は対魔師になったのだから。

しかし、自分の決意を揺《ゆ》るがすような出来事がやってくることになるとは、この時の僕は夢にも思っていなかった。

第二章　変わりゆく想《おも》い

早朝。
僕はいつものように、目が覚めた。
ここ最近はずっと、黄昏の中で生活をしていた。
そのこともあって、なんだかベッドの上で目が覚めるのは不思議な感覚だった。
「そうか……もう」
あれから数日が経過した。
ファーストライト作戦。
人類が初めて、黄昏の土地を奪還した作戦は無事に成功した。
現在は駐屯基地への交通整理などのインフラが整えられているらしい。
今回作戦に参加したSランク対魔師は、僕も含《ふく》めてしばらく休暇《きゅうか》をもらうことに。
報酬《ほうしゅう》もかなりもらえるそうだが、使い道は特にない。
まぁ、本でも買おうかな。

そして、軽くシャワーを浴びた後に、二度寝《にどね》でもしようと思ったとき、ドアがノックされる音が室内に響《ひび》く。

「ユリア？　いる？」

「先輩？」

「ええ。ちょっと報告があってね」

「すぐに開けますね」

来訪者はエイラ先輩だった。

「五日ぶりね。元気してる？」

「はは。実は、二度寝でもしようと思って」

「まぁ、実際のところ暇《ひま》よね～」

「はい。あ、どうぞかけてください」

「ありがと」

先輩を椅子に座《すわ》るように促《うなが》すと、僕は紅茶を入れる準備をする。

「ユリア。そんなに気を使わなくてもいいのに」

「いえ。ちょうど、賞味期限もそろそろなので」

僕は自室に残っている紅茶を先輩に振《ふ》る舞《ま》うことにした。

二人分のカップをテーブルに置く。

「どうぞ」

「悪いわね」

「いえ」

そして僕もまた、席につく。

「うん。美味しいわね！　ユリアって、色々と器用よね」

「黄昏の二年間で、鍛《きた》えられたので。はは」

「そっか……ま、今こうして、笑い話にできているのならいいわ」

黄昏での二年間。

あの時のことは、今でも辛《つら》かったと思う。

生きるか死ぬか。

そんな生活は、二度としたくはないが……今となっては、いい経験になった側面もある。

「それで、何か用事ですか？」

「これ」

「紙……報告書ですか？」

「ちょっと違《ちが》うわね。読めば分かるわ」

「拝見します」

先輩からもらった紙に目を通す。

内容は、どうやら表彰式《ひょうしょうしき》をするというものだった。

以前は、僕が第一結界都市を守ったということで開かれたが、今回は参加した対魔師を中心に表彰式が開かれるらしい。

「負傷している対魔師以外は、絶対に参加しろって」

「絶対ですか」

特に断る理由もないが、先輩のぶっきらぼうな言い方が気になった。

「ええ。広告的な側面もあるのよ」

「広告?」

「確かに、作戦は成功した。黄昏の土地も奪還できた。けど、まだこれは始まりに過ぎない。って、分かっているのは現場の人間だけ。一般の人たちには、良い部分を見せておきたいのよ。ある種のパフォーマンスね」

「……そこまで言うほどですか?」

流石《さすが》に言い過ぎだろう、と思ったけれど、先輩は真面目《まじめ》な顔つきのままだった。

「ユリアには正直に言うけど、結界都市内での派閥《はばつ》争いも激しくなってきているのよ」

「派閥争い……保守派と革新派ですか？」

「そ。ユリアも以前招集されて、話はしたでしょう？」

「はい」

「今までは、保守派が優勢だった。けど今となっては、革新派が圧倒的《あっとうてき》に優勢。黄昏の土地も奪還して、そこを中心に新しい結界都市を築くという話も出ているわ。第八結界都市、第九結界都市……って感じでね」

「いいことだと思いますけど」

「一見すれば、ね」

先輩の口ぶりからするに、どうやら良いことばかりではなさそうだった。

「人類が支配できる土地が増えれば、どうなると思う？」

「あ……そう言うことですか」

「分かったみたいね」

先輩の言った事が、理解できた。

人類の歴史を振り返ってみれば、分かる事だった。

確かに僕らは、現在は一丸となって黄昏と戦っている。

ただし、黄昏に支配される前には人間同士が争っていた歴史がある。

つまり、人類が自由になればなるほど、人間同士の争いが生まれる可能性があるという事だ。

「すでにことは進んでいるわ。貴族の間でも、今回の作戦の影響《えいきょう》は大きい。今までは黄昏に進出するなんて、不可能と思われていた。けど、いきなり一筋の希望が見えた。権力を持っている人間は、新しい土地を欲《ほっ》している。人間同士の争いは、ずっと続いているのよ」

「……どうにかなりませんかね？」

みんなが平和に暮らせる優《やさ》しい世界。

そんな理想郷を目指して、僕らは戦っている。

あの青空にたどり着く事ができれば、いいと思っていた。

けどそれは、世間知らずな僕の幻想《げんそう》だったのか……？

「無理ね」

「どうしても？」

「ええ。上層部が完全に腐《くさ》り切っているわけじゃないけど、避《さ》ける事はできない」

「Sランク対魔師であってもですか？」

「私たちは、あくまで魔法《まほう》における戦闘力があるだけに過ぎない。平和になった世界では、必要のない存在よ。今は力はあっても、政治における力があるわけじゃない」

「そう……ですか」

別に手放しで喜んでいたわけではない。

これからも着実に進んでいこうという意思はあった。

にもかかわらず、そんな話を聞いて思うのは……やはり、悲しいという思いだった。

「ごめんなさいね。こんな話になって」

「いえ。僕もSランク対魔師の一人です。知っておくべきでしょう」

「……Sランク対魔師も、どちらの派閥につくのかという話が表面化してきているわ」

「エイラ先輩にも話が？」

「そうね。革新派から熱心に誘《さそ》いがあるわ」

「なるほど」

「でも、一番危ないのはユリア。あなたよ」

「僕ですか？」

ピンとこない。

どうして僕なのだろうか。

「今日のメインの話はそれよ」

「詳《くわ》しく教えてくれますか？」

「もちろんよ」

先輩は、紅茶に軽く口をつけてから、話を続ける。

「今、革新派はリーダーを欲しているわ」

「リーダーはいないんですか？」

「厳密に言うと、象徴《しょうちょう》かしら？」

「象徴……」

「それに、ユリアが選ばれようとしているのよ」

「え……別に僕にそんな力はないですけど」

「今回の作戦、ユリアが七魔征皇《しちませいこう》の一人を撃退したじゃない？」

「ええ」

記憶《きおく》に新しい話だ。

あの死闘《しとう》のことは、昨日のことのように思い出せる。

「そのことを通じて、今回の表彰式ではユリアをメインにするそうよ。第一結界都市を救った功績もあるし。そのうち、序列も大きな変化があるかもね」

「えっと。つまり、僕を利用しようとしているってことですか？」

「そうよ」

「はぁ……」

いまいち、ピンとこない。

結界都市内の派閥争い。

それに巻き込まれようとしている、ってことだけは分かるけど。

「もしかして、勧誘《かんゆう》とかありますかね？」

「近いうちに、また本部に呼ばれるでしょうね。ちょうど今は、長期休暇をもらっていることだし」

「行かないという選択肢《せんたくし》は？」

「ないでしょうね。避けることはできないわ」

「僕はどうしたらいいと思います？」

思い切って先輩に尋ねてみることにした。

「好きにしたら？」

「え？」

思いがけない回答だった。

「別に、ユリアの自由にしたらいいと思うわ。保守派に入りたいならそうしたらいいし、逆に革新派も同様ね。ただ、どちらにも所属しないのなら、忙しいとか適当な理由をつけておけばいいわ。ほとんどのSランク対魔師はそうしているし」

「ほとんど？」

ほとんどということは、どちらかの派閥に所属している人もいるということだろうか。

「確かサイラスは、保守派側の人間だったはずよ。ま、サイラスに大きな思想みたいなものがあるとは思えないけど。付き合いみたいなものじゃない？」

「そんな感じなんですか？」

「今まではね。ただ、今後は争いも激しくなっていくから、注意してね」

「わざわざありがとうございます」

「今日伝えたかったのは、それだけ。時間を取らせて、悪いわね」

「いえ」

先輩は紅茶を飲み干すと、立ち上がった。

「それじゃあ、私はこれで」

「僕なりに色々と考えてみようと思います」

「ええ。次会うのは、表彰式のときね。休暇だからといって、怠惰《たいだ》な生活は控《ひか》えなさいよ？」

「はい。ご忠告、ありがとうございます」

「じゃ、バイバイ」

ひらひらと手を振ると、先輩は振り返ることなく、去って行くのだった。

「派閥争いか……」

一人、今聞いた話のことを考える。

保守派。

革新派。

ファーストライト作戦が成功したことによって、良くも悪くも結界都市の内情は動き始めたらしい。

僕としては、どちらの考えも理解できる。

けれど、利権争い的な部分は、どうしてもピンとこない。

先輩には好きにしたらいいと言われたけど、やはりどちらにも所属しようとは思えなかった。

気になるのは、サイラスさんのことだった。

思えば、僕がこれから忙しくなると言ったことを思い出す。

もしかしてあれは、このことだったのか？

サイラスさんのことは、正直なところあまりよく知らない。

どのような背景があって、序列一位までたどり着いたのか。

強くて人類を導いていく、英雄《えいゆう》。

それが、僕にとってのSランク対魔師だった。

でも、いざ自分がそれになってみると、思っているのと違う部分もあった。

理想と現実。

綺麗事《きれいごと》だけでは、済まないのかもしれない。

「ふぅ……どうしようか」

こんな話を聞いて、落ち着いていられなかった。

少しだけ散歩でもしよう。

そう思って、僕は思考を整理するためにも、散歩に出かけることにした。


街に出るか、それとも周辺を散歩するか。

学院に行ってもいいかもしれない。

ファーストライト作戦もあって、学院はしばらく休んでいたし。

それに、授業の出席はある程度は免除《めんじょ》されているけど、試験勉強などは続けないといけない。

いくら戦闘力があったとしても、勉強することはまだまだたくさんあるから。

そうして、学院に向かう。

久しぶりに来た学院は、閑散《かんさん》としていた。

休日ということもあって人は少ないのだが、少しは人がいるようだった。


「ねぇ、あれって」

「うん」

「本当に？」

『間違《まちが》いないよっ！』


遠目から女子生徒が僕のことを指差している。

学院にやってきた当初は、悪い意味で目立っていた。

その時なら分かるのだが、今はどうして？

そう考えていると、その女子生徒たちが近寄ってくる。

「あの！　ユリアさんですか⁉」

「はい。そうですけど」

どうやら、下の学年の生徒のようだ。

三人の中の一人が、さらに前に出てくる。

「作戦の立役者って、本当ですか⁉」

「え」

「なんでも、すごい魔物《まもの》を倒《たお》したとか！　そのおかげで、作戦が成功したって噂《うわさ》になってますよっ！」

「そ、そうなの？」

「はい！」

「ですです！」

「うんうん！」

どうやら、そうなっているらしい。

七魔征皇の名前は出ていないが、僕のおかげということになっているのか？

先輩の話からして、もしかして……。

「えっと……僕はこれで」

そう言ってとりあえず、離《はな》れていくが学院の中では僕に視線が集まって仕方がなかった。

散歩して思考を整理しようにも、あまりに目立って仕方ないので、とりあえず自室に戻《もど》ってくることに。
「はぁ……どうしてこんなことに」
ため息を漏《も》らす。
もしかして、この状態で街に出たらどうなるんだろう？
自分の行動によって、みんなが喜ぶのならそれでいい。
ただ、こうも目立つとなると、生活に支障が出るなぁ……。
室内でどうしたものか、と考えているとノックの音が鳴る。
今日二人目の来訪者。
ただし、学院での出来事もあったので、注意はしないと。
「……誰《だれ》ですか？」
小声で尋ねる。
すると返ってきたのは、見知った人の声だった。
『私です。リアーヌです』
「リアーヌ王女？」
ドアをゆっくりと開ける。
そこには、深く帽子を被ったリアーヌ王女が立っていた。

「今、お時間いいですか？」

「はい。構いませんが」

エイラ先輩の時と同様に、紅茶を準備してリアーヌ王女を迎《むか》え入れる。

「それで、何かご用事が？」

「こほん。まずは、作戦成功おめでとうございます。帰ってきた時もお伝えしましたが、改めて」

「ありがとうございます」

頭を下げる。

話を聞くと、どうやらここにはベルさんと二人で来たらしい。

ベルさんは外で待機しているようだ。

「本題ですが、実は今回の作戦成功で各派閥に動きがありまして」

もしかしてと思って、僕は先輩から聞いた話を言ってみることに。

「まぁ。もう、エイラから聞いていたのですね」

「はい」

「ふむふむ……エイラってば、本当にユリアさんのことを想っているんですね」

「はい。とてもお世話になっています」

「ええ。とってもいいことだと思います」

何故《なぜ》だろうか。

リアーヌ王女は、いつにも増して笑顔《えがお》だ。

それはもう、ニコニコと笑っている。

ただし、その瞳《ひとみ》は決して笑っていないような気もするけど……。

「こほん。すみません。知っているのなら、話が早いです。実は、数日後に行われる表《ひょう》彰式《しょうしき》の後に、パーティーがありまして」

「パーティーですか？」

「はい。軍の上層部、貴族。上位の対魔師《たいまし》たちが招待されることになっています」

『もしかして？』

「そうですね。そこで、ユリアさんにはたくさんのお誘いがあるかと」

「そ、そうですか……」

以前も似たような事があったけれど、僕を取り巻く環境《かんきょう》は大きく変化しつつあった。

「婚約《こんやく》の話もあるかもですね」

「婚約⁉」

「ええ。優秀《ゆうしゅう》な対魔師は、貴族と結婚《けっこん》することが多いですから。Sランク対魔師となれば、なおさら」

「その……僕の年齢《ねんれい》で、あまりそのようなことは」

「あら。女性に関心がないのですか?」

人の悪い笑《え》みを浮《う》かべているリアーヌ王女。

どこか楽しそうである。

「関心がないわけではないですが、婚約となると……」

「ふむふむ。まだ、遊びたい年頃《としごろ》であると」

「いえ、そういうわけでは」

「しかし、貴族には愛人がいる人も多いので、大丈夫かと」

「いや、そういう意味じゃないですって!」

「ふふっ。冗談《じょうだん》ですよ」

口元に手を持っていき、微《かす》かに笑みを漏らす。

リアーヌ王女との付き合いはまだそれほど長くはないが、少しだけ彼女のことがわかってきたような気がする。

「こほん。ともかく、頭の片隅《かたすみ》に入れておいてください」

「分かりました」

「ユリアさんは、今となっては有名人ですから」

「噂が出回っているのって……」

噂。

僕《ぼく》は先ほどの、学院での出来事を思い出す。

人々からの視線。

それに、噂話。

もしかしてそれは――。

「おそらくは、どちらかの派閥の人間の仕業《しわざ》でしょうね。ユリアさんを英雄にしたいのでしょう」

「……リアーヌ王女は、以前から派閥争いのことは？」

「王族にも色々としがらみがありますから、知ってはいます。しかし、今回のことはあまりにも異例。人類が黄昏《たそがれ》の土地を取り戻した。この意味は、ユリアさんが思っているよりも、大きなことなのです」

「そうみたいですね」

僕が思っているよりも、大きなことになっているのは先輩の話と先ほどの体験で痛感したところだった。

「正直、対魔師の方々の手を煩《わずら》わせたくはないのですが、一筋縄《ひとすじなわ》ではいかないようで」

「一応、理解はしています……」

「すみません。私もどうにかしたいのですが、介入《かいにゅう》は難しそうで。ただ相手もあまり無理はしてこないはずです」

「というと？」

「無理に婚約や、派閥に入れさせようとすると、ユリアさんの機嫌《きげん》を損《そこ》ねてしまいます。ある程度は、慎重《しんちょう》にくると思いますよ？」

「それは良かったです！」

思わず明るい声が出てしまう。

「ただ、噂や人からの視線などは、しばらくは収まりそうにありませんね」

「そうですね……」

落ち込《こ》んだ声を漏らす。

どうやら、状況《じょうきょう》はあまり良くないようだ。

「大丈夫《だいじょうぶ》です。今回の表彰式とパーティーを乗り越《こ》えれば、接触《せっしょく》の機会は減ります。後は次の任務まで、隠《かく》れていればいいですから」

「なるほど。ご忠告、ありがとうございます」

「いえいえ。ユリアさんには、いつもお世話になっていますから。これくらいは」

ニコリと笑みを浮かべる。

「さて、あまりベルを待たせていては良くないですね。戻ります」

「はい。ありがとうございました」

「あぁ。それと」

リアーヌ王女は、ドアの前で翻《ひるがえ》る。

「パーティーの際、ダンスがありますがその時はよろしくお願いしますね？」

「え……？」

僕の戸惑《とまど》いなど気にしていないのか、リアーヌ王女は消えてしまった。

様々な状況が進行する中、僕は今回の作戦の表彰式に臨《のぞ》むことになる。

◇

表彰式当日。

僕は正装に着替《きか》えて、王城へと向かっていた。

その際、噂はかなり広まっているのか、大勢の人に囲まれてしまった。


「あ！」

「見て、あれって！」

「ユリアだ！」


と、人々が僕を認識《にんしき》するとまるで洪水《こうずい》のようになだれ込んでくる始末。

僕は流石《さすが》にまずいと思って、魔法で身体強化をしてそのまま走り去っていく。

そして、路地裏に入り込むと、ため息を漏らす。

「はぁ……まさか、こんなことになるなんて」

思わず、そう口にしてしまう。

噂は脚色《きゃくしょく》されているのか、作戦の成功はほとんど僕のおかげになっているとか。

それに意外にも、様々な憶測《おくそく》があって、僕のしたことが誇張《こちょう》されているのは間違いなかった。

もしかして、これも印象操作の一貫《いっかん》なのか？　と思ってしまう。

「さて、と」

呼吸を整えて、人の少ない道を進んでいく。

それからしばらくして、やっと王城へとたどり着く。

現在中に入ることができるのは、対魔師などの軍の関係者だけなので、先ほどのように酷《ひど》いことにはならないだろう。

「お。ユリアじゃねぇか」

「ロイさん。どうも」

頭を下げる。

ロイさんも正装をしているが、派手な赤色の髪《かみ》はバッチリとセットされていた。

「その顔だと、大変なことになっているな？」

「分かります？」

「ははは！　ま、有名税だと思って諦《あきら》めろ」

「でも、予想以上に凄《すご》いことになっているようで」

「まぁ……それだけ、今回の作戦が成功したのは、すげぇことだからな」

ロイさんはしみじみと語る。

「今までは不可侵《ふかしん》領域とされていた黄昏の土地を取り戻した。それは間違いなく、偉業《いぎょう》だ」

「確かにそうですが、僕一人の力では」

「そうだな。全員で協力した結果だ。でも、人間は分かりやすいものを好む。ま、しばらくは英雄として奉《たてまつ》られるのも、悪くはねぇだろ？」

「うーん。あまり目立つのは、好きじゃないんですが」

二人で話をしながら、歩みを進めていると、リアーヌ王女とベルさんが視界に入った。

「……あ。ロイ。ちょうどよかった」

「なんだ、ベル」

「少し話があるから、こっちにきて」

「はぁ？」

「いいから」

と、ロイさんはベルさんに連れて行かれてしまった。

この場に残ったのは、僕とリアーヌ王女だけである。

「ユリアさん。数日ぶりですね」

「はい」

数日前は目立たないように変装をしていたが、今日は違う。

王族らしい豪華《ごうか》なドレスに、綺麗《きれい》にまとめられた髪。

少し化粧《けしょう》をしているのか、顔はいつも以上に整って見えた。

改めて思うけれど、やはりリアーヌ王女の容姿は、どこか浮世《うきよ》離《ばな》れしている。

「お綺麗ですね」

「へっ⁉」

思わず、本音が漏れてしまう。

リアーヌ王女は、突然《とつぜん》のことで驚《おどろ》いた顔をしていた。

「すみません。つい」

「い、いえ……私もちょっと驚いてしまいまして」

恥《は》ずかしそうに頬《ほお》をかく姿も、様になっていた。

「先ほど会話が聞こえましたが、大変そうですね」

「はい……」

「私も気持ちは分かりますので、同情します」

「あぁ。確かにそうですね」

リアーヌ王女は、王族の中でも有名な存在だ。

あまりにも整った容姿。

王族一可憐《かれん》だと言われる彼女《かのじょ》は、人々の中で大人気である。

「ユリアさんも、いつもと雰囲気《ふんいき》が違っていて、いいですね」

「ありがとうございます」

任務の時は、別に身なりなど気にしない。

ただ、このような場で最低限は整えないといけない。

今日も髪は少しだけ上げて、顔がよく見えるようにしている。

「それにしても、ユリアさんは大人気ですね」

そう言われて気がつく。

他の人間からの視線が、やけに多いことに。

そんな中、一人だけこちらにやってくる人がいた。

「ユリア。大人気ね」

「先輩《せんぱい》。どうも」

「リアーヌも綺麗ね」

「いえいえ。エイラもとっても綺麗ですよ」

「あんたに言われると、嫌味《いやみ》にしか聞こえないんだけど……」

じっとリアーヌ王女を半眼で見つめるエイラ先輩。

「あら？　そうですか？」

「この腹黒王女め……」

「あらあら。エイラってば、とてもお口が悪いんですから」

「ユリア！　リアーヌは腹黒よね？」

「え⁉」

急に話を振《ふ》られてしまうので、困ってしまう。

確かに、意外と変わった一面もあるリアーヌ王女だが、腹黒とまでは流石に……。

「ね。ユリア？」

ズイっと近寄ってきて、先輩は僕のことを睨《にら》んでくる。

「ユリアさん。エイラの戯言《たわごと》になんて、付き合わなくていいんですよ？」

気がつけば、リアーヌ王女も僕の隣《となり》まで近寄っていた。

「えっと……先輩。リアーヌ王女は、そんな人ではないと思いますよ？」

「ふーん。ま、いいわ。そういえば、昔──」

先輩が何かを言おうとすると、スッとリアーヌ王女の目つきが鋭《するど》くなる。

「エイラ。その話をするということは、こちらもアレを話しますよ？」

「う……」

「分かった？」

「まぁ、今日は引き分けにしておいてあげる」

「はい。そうしましょう」

二人の一連のやり取りを通じて、昔からの友人であるということを思い出した。

やはり、とても仲がいいようだ。

「さて、そろそろ表彰式《ひょうしょうしき》の時間ね。ユリア、Sランク対魔師はこっちだから、行くわよ」

「はい」

リアーヌ王女に軽く頭を下げて、先輩についていく。

僕らSランク対魔師は一ヶ所に集合する。

そして、サイラスさんが全員いることを確認《かくにん》してから、口を開いた。

「全員揃《そろ》ったね」

いつものように、優しい声音《こわね》だった。

「今回の作戦、無事に成功してよかった。まずは、全員にお疲《つか》れ様《さま》と言いたいところだが
……これも任務の一環《いっかん》だと思って欲《ほ》しい」

これ、というのは表彰式のことだろう。

任務の一環か……。

「全員の協力があって、作戦は成功。ただし、その立役者は彼《かれ》と言っていいだろう」

全員の視線が、僕に集まる。

「ユリアくん。君が、七魔征皇を撃退《げきたい》したからこそ、作戦は成功した」

「恐縮《きょうしゅく》です」

「既《すで》に分かっていると思うが、まぁ……ユリアくんを取り巻く状況は、少々複雑になっている。しかしやはり、人々には象徴となる存在が必要だ。いずれは、ユリアくんがSランク対魔師をまとめる存在になってもらいたいね」

「流石にそこまでは……」

「いや、やはり大事なのは若者たちの成長さ。ユリアくん。今後とも、人類のために一緒《いっしょ》に戦って欲しい」

サイラスさんの言葉は、決してお世辞などではなかった。

それは、彼の目を見ればすぐに分かる。

他のSランク対魔師たちも、特に何かを言うこともなかった。

「それでは、行こうか」

サイラスさんを先頭にして僕らは進んでいく。

王城から出ていくと、外にはたくさんの人々が集まっていた。

第一結界都市を救った時も、かなりの人が来ていたが、今はそれの比ではない。

これだけの人が集まったのは、初めてではないだろうか。


「きゃー！　ユリアさーんっ！」

「ユリアもいるぞ！」

「Sランク対魔師たちだ！」

「出てきたぞ！」

「おおおおお！」


明るい声が飛び交《か》う。

僕らは左右に並んでいる人々に軽く手を振りながら、用意された舞台《ぶたい》へと進んでいく。

「ユリア。大人気ね」

「ははは……」

「サイラスも大概《たいがい》女性人気があるけど、ユリアもかなりね」

「いや、そんなことは……」

と、否定したいけれど、女性の方が僕の名前を呼んでいる人数が多い気がする。

先輩は、ボソッと小さな声で呟《つぶや》く。

「この光景。エリーにも見てもらいたかったわね」
「そう……ですね」
エリーさん。
彼女が残した、黄昏結晶《トワイライトクリスタル》のおかげでファーストライト作戦が成功した。
エリーさんの尽力《じんりょく》がなければ、この光景はなかっただろう。
改めて、僕は感じ取る。
人々の意思は、こうやって繋《つな》がっていくのだと。
ふと、手のひらを見つめる。
僕が背負っている期待は、かなり大きなものになった。
それこそ、おそらくは僕が考える以上に。
でもやるべきことは一つ。
これからも僕らは、戦い続けるだけだ。
それから対魔師一人一人に、表彰状《ひょうしょうじょう》が贈られていく。
人々は拍手《はくしゅ》をしながら、僕らの功績を称《たた》えてくれる。
そして、Ｓランク対魔師たちの順番になると、さらに声が大きくなっていく。
「ユリア＝カーティス」

「はい」

名前が呼ばれたので、あらかじめ準備されていた壇上《だんじょう》へと進む。

以前のように、勲章《くんしょう》であるブローチと表彰状を受け取る。

「ユリアさん。改めて、ありがとうございました」

各対魔師に表彰状を贈る役目をしているリアーヌ王女が、優《やさ》しく微笑《ほほえ》みかけてくれる。

「いえ。当然のことをしたまでです」

「これからも、人類を導いてください。いつかたどり着く、青空の果てまで」

「もちろんです」

かなりの盛り上がりを見せた、表彰式は無事に終了《しゅうりょう》。

人々の熱気は、いつまでもその場に残っていた。

が、問題なのはここから先である。

「さて、と。パーティーの時間ね」

「そうですね……」

エイラ先輩の隣で、僕は暗い声を漏らす。

「じゃ、私は挨拶《あいさつ》回りがあるから」

「先輩、そんな！」

「ふふ。頑張《がんば》ってね～」

先輩は貴族ということもあって、パーティーの時は色々と忙《いそが》しいらしい。

「ユリア！」

早足で駆《か》け寄ってくるシェリー。

声も少し弾《はず》んでおり、心なしか少し嬉《うれ》しそうな表情をしていた。

「シェリー。そうか、来てたんだね」

「ええ。ユリア、本当に無事で良かった……」

気がつけば、ギュッとシェリーが僕の手を握《にぎ》っていた。

目元は微かに潤《うる》み、上目遣《うわめづか》いでじっと見つめてくる。

今回のパーティー。

やって来るのは、高位の対魔師、貴族、軍の上層部の人間だと思っていたが……そういえば、シェリーも親が学院長をしていることもあって、呼ばれたのか。

「やっほ～。私もいるよ～」

シェリーの後ろから顔を出すのは、ソフィアだった。

「あ……」

ソフィアがやって来たのに気がつくと、シェリーはパッと僕の手を離す。

ソフィアはSランク対魔師のギルさんの娘《むすめ》、ということで来ているのだろう。

「ユリアってば、凄い人気だねー！」

「ははは」

「黄色い声も多かったね〜」

「ま、まぁそうみたいだね」

「もしかして、モテ期ってやつ？」

「ソフィア。あまりからかわないでよ……」

「あはは！　ごめん、ごめん！　凄いことになっているからさ！　表彰式も見ていたけど、ユリアが一番人気だったんじゃない？」

「……」

ソフィアは明るくハキハキと話しているが、隣に立っているシェリーは黙《だま》ったままだった。それに少しだけ、表情も硬《かた》いような？

「シェリー？」

疑問に思って、声をかけてみる。

「ふん」

すると、シェリーはプイッと顔を背《そむ》けてしまう。

えっと……何か悪いことでもしたかな？

「まぁまぁ、シェリー。ユリアは偉業を成《な》し遂《と》げたんだよ？」

「それはそうだけど……」

二人は後ろを向くと、こそっと小さな声で話を続ける。

「こほん。ごめんなさい、ユリア」

「？　よく分からないけど、別に大丈夫だよ」

「改めて、おめでとう」

「ありがとう」

シェリーの言葉に微笑み返すと、ソフィアが近寄って来る。

「ねぇねぇ。ユリアが、巨大《きょだい》な魔物を倒したって本当⁉」

「うーん。厳密には、違《ちが》うかも」

「じゃあ、一人で百体以上の魔物を倒したのは⁉」

「いや、一人ではないかな」

確かに、倒したのは事実ではあるが、あれは部隊のみんなで戦ったからこそだ。

「それじゃあ、大地を全《すべ》て焼き払《はら》う魔法《まほう》を放ったのは⁉」

「僕は火属性の魔法は、それほどうまく使えないけど……」

「ふむふむ。やっぱり、噂は噂だね！」

「えっと……そんなことになってるの？」

「うん。でも、もっといっぱいあるよ」

頭を抑《おさ》える。

なんだか、もう逆にどうでもいいやと思い始めていた。


「ねぇ、行きなよ」

「ええ。私が？」

「じゃあ、みんなで行くのは？」

「そうね。そうしましょう」


そんな話し声が聞こえてきたと思ったら、女性の集団が僕の方へと近寄って来る。

「ふむ。シェリー。私たちは邪魔《じゃま》だから、行こうか」

「……まぁ、仕方ないわよね」

その後、一人一人丁寧《ていねい》に自己紹介《しょうかい》をされた。

どこの家の生まれなど、正直なところあまり興味はない。

ただ全員が全員、貴族の令嬢《れいじょう》だった。

とても整っている容姿も、頷《うなず》ける。

ただし、そこから先、次々と挨拶をされていくので、かなり疲れてしまった。

「はぁ……疲れた」

パーティー会場の隅《すみ》で、休憩《きゅうけい》をする。

一応、周りの人にバレないように、少しだけ魔法を使っている。

幻影魔《げんえいま》法《ほう》の一種だが、今回ばかりは許して欲しい。

「これ。飲むといいよ」

「サイラスさん」

差し出される、水の入ったコップ。

「あ、ありがとうございます」

どうやら、サイラスさんには魔法は通用しないようだった。

まぁ、軽い認識《にんしき》阻《そ》害《がい》だし、サイラスさんほどの人であれば、分かるのだろう。

「苦労しているようだね」

「はは。まぁ、仕方ないですね」

「……私も、同じことがあったからこそ分かるよ」

「サイラスさんもですか？」

「結界都市を襲《おそ》った大暴走《スタンピード》。あれで活躍《かつやく》したからね」

「なるほど。僕も記憶《きおく》にあります」

サイラスさんが人類最強と呼ばれるようになった事件。

結界都市に大量の魔物が襲い掛《か》かるという事件が、過去にあった。

その時、水際《みずぎわ》で防衛していた対魔師たちだったが、あと少しで結界都市に魔物たちが入ろうとした時だった。

別の任務から帰ってきたＳランク対魔師たちが、千を超《こ》える魔物たちを全て撃退してしまった。

その時、中心になって活躍したのがサイラスさんだ。

「そうだね。いずれ、慣れる時が来ると思うよ」

「サイラスさんも、そうだったんですか？」

「ん？　まぁ……そうだね。慣れたよ、もう」

どこか遠くを見据《みす》えて、サイラスさんはそう言った。

彼の横顔は少しだけ寂《さび》しそうに見えた。

「これはかりはどうしようもないね」

「以前言っていた言葉、こういう意味だったんですね」

「あぁ。ユリアくんも、私と同じ道を辿《たど》ると思っていてね。君はどこか、私に似ている気がするから」

「そんな恐《おそ》れ多《おお》いですよ」

「いや、似ているさ」

軽口ではないのは、声音で分かった。

どうしてだろうか。

サイラスさんは、いつもと雰囲気が違うような気がした。

パーティーを楽しんでいるようではないのは、分かるけど……それ以外にも、何かあるような?

「では、私は行くよ。まだ挨拶回りがあるんでね」

「はい」

サイラスさんの姿を見送る。

やはり序列一位ということもあって、彼の周りにはたくさんの人が集まっていた。

柔和《にゅうわ》な笑みを浮かべて、話をしている。

僕とサイラスさんが似ている、か。

僕は決してそんな大それたことは思わないけど、サイラスさんの方は何か思っているのかもしれない。

「ユリア。お疲れ様」

「シェリー」

シェリーも挨拶などが終わったのか、僕の方へと歩みを進める。

「人気者ね。ずっと周りに人がいたでしょう？」

「こればかりは、もう割り切るしかないと思ってるよ」

「……可愛《かわい》い女の子、多かったわね」

「貴族だからね。身なりはすごく整っていたよ」

「ふーん」

機嫌が悪そうなのは、先ほどとあまり変わりはないようだ。

「でも、シェリーも綺麗だよ」

「え……」

ぽかんとした表情を浮かべる。

「髪もアップにしているし、ドレスもよく似合っているよ」

シェリーは髪を指先に巻き付けながら、じっと僕のことを見つめて来る。

「本当に？」

「嘘《うそ》は言わないよ」

「その……ありがとう」

しばらくの沈黙《ちんもく》の後、シェリーは再び口を開いた。

「今回の作戦さ」

「うん」

「危なかったんでしょう？」

「そう……だね」

七魔征皇の話は、外部に洩《も》らしてはいけないことになっている。

いたずらに不安を煽《あお》っても仕方ないからだ。

「正直、ちょっと怖《こわ》かった」

「何が？」

「ユリアが帰って来ないかもって」

「そんなことは……」

ない、と断言したいところではある。

が、対魔師《たいまし》が任務で亡《な》くなることは珍《めずら》しくはない。

今回の作戦は、表向きは大成功と思われている。

その裏で、死んでいる対魔師がいることなど、なかったことのように扱《あつか》われているのは、心苦しいことだった。

僕はまだSランク対魔師としての活動歴は浅い。

そんな僕でも、それなりに仲間の死は経験している。

犠牲《ぎせい》なしには、成し遂げられない任務だったことは分かっているけど……。

やはり、まだ割り切れないところはある。

「今回の作戦でも、犠牲がなかったわけじゃなかった」

「そうだね」

『そんな最前線の中で、ユリアは戦っている。だから私も……』

シェリーは真《ま》っ直《す》ぐ、僕と視線を合わせる。

「いつか、ユリアの隣に立てるような対魔師になるわ」

覚悟《かくご》を持った瞳《ひとみ》だった。

シェリーも僕と同じ対魔師だ。

ランクに違いはあれど、戦う意思は同じ。

彼女も今回の作戦で、何か思うところがあったのかもしれない。

「シェリーなら、いつかなれるよ」

「そう思う?」

「うん。シェリーはもっと強くなる。だからこれからも、一緒に戦っていこう」

「もう、待っているだけなのは嫌《いや》だから。私も、頑張る。もっともっと頑張って、ユリアの隣に立つのに、相応《ふさわ》しい対魔師になるわ」

「約束しよう」

スッと右手の小指を差し出す。

シェリーはすぐに理解したのか、彼女も同様に指を差し出した。

そっと絡《から》める指先。

彼女の指は、とても温かかった。

「約束。いつか、ユリアに追いつくわ」

「うん。待っているよ」

パーティーの喧騒《けんそう》の中、僕《ぼく》らは互《たが》いに見つめ合う。

この約束が、いつか果たされると信じて。

その後、パーティーはダンスへと移行した。

それぞれ、楽曲に合わせて色々な人とダンスをしていく。

その中でも僕はリアーヌ王女に指名されていることもあって、かなりの注目を集めていた。

「ユリアさん。よろしくお願いしますね？」

「えっと……ダンスは全くの素人《しろうと》なんですが」

「大丈夫です。私の動きをよく見て」

「動きをよく見る……」

「まずは私の手を」

そっと差し出される小さな手。

しっかりと握ると、流れるようにステップを踏《ふ》んでいくリアーヌ王女。

僕もそれに合わせて、見様見真似《みようみまね》でダンスをしてみる。

「やっぱり。ユリアさんなら、できると思っていました」

「そうですね。意外と、できるみたいです」

リアーヌ王女にリードされながら、僕らは人々の中央で踊《おど》り続ける。

余裕《よゆう》も出てきたのか、彼女が別の話題を振って来る。

「先ほど、シェリーさんと何を話していたんですか？」

「見ていたんですか？」

「ええ。少しだけ」

目立たない場所だと思っていたけど、意外と見えていたのか。

「約束です」

「約束？」

「はい。ランクは違えど、同じ対魔師。いつか、一緒に戦おうと」

その話をすると、リアーヌ王女は顔に暗い影《かげ》を落とす。

「いいですね。私はいつも、待っていることしかできませんから」

そういうことか。

僕もシェリーも対魔師で、黄昏《たそがれ》で戦うことができる。

いずれ、同じ戦場で戦うこともあるかもしれない。

ただ、リアーヌ王女は対魔師ではない。

王族ということもあって、黄昏で戦うことなどはできない。

その血筋を途絶《とだ》えさせるわけにはいかないから。

「ベルも、ユリアさんも、ちょっとだけ羨《うらや》ましいです。こう言ってしまうと、申し訳ないですけど……対魔師の皆《みな》さんは、戦友という感じがしますから。時折やはり、距離《きより》を感じてしまいます」

僕は思い切って、自分からダンスをリードしてみることにした。

「わっ！」

軽く驚いた声を出しながらも、リアーヌ王女は僕のリードについてきてくれる。

「リアーヌ王女。僕らは戦うことしかできません。だから、支えてくれる人が必要なんです」

「支えてくれる人……」

「はい。みんなで協力するからこそ、僕らは戦えるんです。僕は、リアーヌ王女のことも大切な仲間だと思っていますよ。王女様にこんなことを言ってしまうのは、不遜《ふそん》かもしれませんが」

「いえ……そんなことは」

首を小さく横に振る。

「やっぱりユリアさんは、優しい人ですね」

「リアーヌ王女もですよ」

「ふふ。そんなところが――」

そこから先は、声が小さくて聞こえなかった。

ただ、彼女がとても嬉しそうに微笑んでいることだけは分かった。

こうして、表彰式とパーティーは無事に幕を閉じるのだった。

◇

翌日。

僕は最高司令部へと呼び出されていた。

昨日のパーティーの終わり際に、軍の上層部の人に来るように言われたからだ。

今回の事で予想はしていたけど、かなり動きが早いと思った。

僕は最高司令部の前にたどり着くと、扉《とびら》をノックする。

「入りたまえ」

「失礼します」

丁寧に一礼して、室内に入る。

中には、以前会った人たちもいたが、知らない人もいた。

もしかして、派閥《はばつ》争いに際して何か変化があったのだろうか。

「さて、今日呼んだ件は分かっていると思うが」

「ファーストライト作戦成功について、ですか」

「うむ」

円卓《えんたく》の中央に座《すわ》っている男性が、顎髭《あごひげ》を撫《な》でながら肯定《こうてい》する。

「まずは、今回の作戦成功、尽力に感謝する」

「いえ。自分は当然のことをしたまでです」

どうやら、すぐに本題には入らないようだ。

「七魔征皇の件だが、報告書を見る限り、Sランク対魔師に匹敵《ひってき》するとあるが……本当なのか？」

「はい」

僕はそれから、自分の書いた報告書の内容を口頭で伝える。

「ふむ……やはり、魔物《まもの》を統治している存在がいると思ったが、このような存在がいるとは。それも、伝承の中の存在と思われていた七魔征皇か」

「ただ、七魔征皇は伝承通りに考えるのなら、七人。Sランク対魔師は自分も含《ふく》めて十三人。数での戦いならば、有利かと」

「まぁ、そのことは今後考えるとして……問題は、君の扱いだ」

「僕の扱い、ですか？」

彼は一息置いてから、本題を話す。

「現在、各結界都市ではユリア・カーティスが作戦の立役者となっている。これは、こちらで情報を流したからだ」

「やはり、ですか」

「分かっていると思うが、人間には分かりやすい象徴《しょうちょう》が必要だ。理解できるだろう？」

「それは……はい」

分かりやすい象徴が必要。

そのことは分かっているが、やはりそれが自分になっているとなると、複雑な心境である。

「もともと、私たち革新派と保守派では根本から考えが異なる。そして、象徴にしている人間も」

「サイラスさんのことですか？」

「うむ。サイラスは保守派の人間であり、彼の功績によって保守派の威厳《いげん》は保たれていたが……やっとその牙城《がじょう》が崩《くず》れ始めた」

サイラスさんが保守派、とはあまり考えられなかった。

彼は人類のことを誰《だれ》よりも考えて、黄昏を打ち破ろうとする意思がある。

所属するとしたら、革新派の方だと思うけれど、何か理由があるのかもしれない。

「率直《そっちょく》に言おう。私たちは、君を次のSランク対魔師序列一位にしたいと考えている」

「僕が序列一位ですか？　それはあまりにも、早計だと思いますが」

「分かっている。何も、今すぐに……という話ではない。これから先、少なくとも五年以内の話だ」

思えば、Sランク対魔師の序列がどうやって変動しているのか、僕は詳《くわ》しく知らない。

ただ話を聞く限り、やはり上層部にはその力があるようだ。

「仮に序列を変えるとしても、僕よりも適任の人はたくさんいると思いますが」

「いや、いないだろう」

断言する。

そして、彼は僕の功績を述べていく。

「第一結界都市の襲撃《しゅうげき》を鎮火《ちんか》し、人類史に残るファーストライト作戦の立役者。これ以上の肩書《かたがき》は、他の対魔師にはない」

「それは……」

否定はできなかった。

「もちろん、何もタダというわけではない」

「というと？」

「欲しいものは、全てこちらで用意しよう」

「欲しいもの……ですか」

すると、彼だけではなく、他の人たちの表情が微《かす》かに歪《ゆが》む。

「金、権力。そして、女。自由にしたまえ。貴族の女も、必要ならば用意しよう。ああ……そういえば、君はリアーヌ王女と仲が良かった。必要ならば、彼女《かのじょ》も用意できるが。まあ、王族の場合は少々手間が必要だが」

「いえ……僕は」

「ふむ。では、金か？」

「僕は人類のために、戦い続けるだけです。いつかたどり着く、青空のために」

「……青いな」

クスクスと嘲笑《ちょうしょう》が広がる。

僕の言っていることは、理想だって分かっている。

けれど、ここで欲に流されてはいけないことだけは、理解していた。

「まぁ、いいだろう。その若い意志があるからこそ、作戦も成功したというもの。とりあえずは、今後も活躍してくれたまえ。ただし、くれぐれも保守派の誘《さそ》いには乗るなよ？　分かっていると思うが、すでに情勢は逆転している」

あぁ、そういうことか。

既にこの場に、保守派の人間はいない。

いるのは、革新派の人間だけらしい。

人が少し入れ替《か》わっているのは、そういうことか。

「すぐにでも革新派として活動をして欲しいが、まぁ……いいだろう。ともかく、今後とも人類のためによろしく頼《たの》む」

「はい。もちろんです」

僕は丁寧に一礼をすると、室内から出る。

人類のためによろしく頼む、か。

あれは決して、文字通りの意味ではない。

自分たちのために、よろしく頼む。

そういう意味合いで、間違《まちが》いないだろう。

人々は、一丸となって戦っていると思っていた。
みんな仲間の死を背負って、進んでいるのだと思っていた。
でもやはり、人間に醜《みにく》い部分もあることは、否定できなかった。
そして欲に塗《まみ》れた人が、人類の頂点に立っていることも事実だった。
きっと、僕が活躍すればするほど、革新派は勢いづいていくのだろう。
「……僕は」
ふと、自分の手を見つめる。
今まで何のために戦ってきたのか。
そう問われれば、人々のためと明確に答えることができる。
これからもきっと、同じだ。
もうずっと前から、覚悟は決まっている。
でも……僕が戦えば戦うほど、醜い政治的な争いは続いていく。
乖離《かいり》する想《おも》い。
僕は一体、どうすればいいんだろう。
「ユリア君じゃない」
「クローディアさん」

Sランク対魔師の一人である、クローディアさん。

最近は作戦は同じでも、部隊が別ということもあってあまり話すことはなかった。

「どうしたの、暗い顔をして」

「いえ……」

「もしかして、呼び出された?」

「ええ、まぁ」

何だか、今ははっきりと話すことができなかった。

僕の中で、迷いが生まれているからだ。

「なるほど、ね。ねぇ、お話ししない?　時間あるでしょう?」

「はい。ありますけど」

「ふふ。じゃあ、行きましょうか」

長い髪《かみ》を後ろにサラッと流しながら、クローディアさんは歩みを進める。

僕は彼女の後についていく。

既《すで》に時刻は夜に近づいていき、黄昏の日差しが少しずつ薄《うす》くなってきていた。

「はい。どうぞ」

「ありがとうございます」

クローディアさんが飲み物を買ってきてくれた。

僕らは、小さな公園のベンチに座った。

「で、何があったの？」

「……人はどうして、人間同士で争うのでしょうか？」

「革新派と保守派の話ね」

「はい」

「まぁ、大体予想がつくけど、次はユリア君の順番ってことね」

「分かるんですか？」

「伊達《だて》に長いこと、Sランク対魔師をやっていないしね。私も、内情にはそれなりに詳しいのよ？」

彼女はパチンとウインクをする。

やはり、とても余裕のある大人だと僕は思った。

「サイラスもそうだったのよ」

「サイラスさんがですか。でも、一応話は少しお聞きしました」

「やはり、どちらの派閥も象徴となる人間が欲《ほ》しいのよ。数年前は、それがサイラスだった。でも、情勢は大きく変わりつつある。その中心はやっぱり、ユリア君よね」

「そんな大それた人間では、ないつもりですが……」

キッパリと否定したいが、僕が積み重ねてきた功績が、どうにも自分の首を締《し》めているような気がした。

「第一結界都市を救い、ファーストライト作戦を成功させた。革新派が狙《ねら》うには、ベストな人材ね」

「……正直、人々のためになるなら僕はいいと思っていました。いつか黄昏を打ち破って、青空にたどり着けばいいと。でも、思ったよりも複雑みたいですね」

「そうねぇ……人間はどうしても愚《おろ》かな生き物だから、ね」

「クローディアさん」

「何？」

「僕はどうしたらいいんでしょうか？」

尋《たず》ねてみる。

彼女なら、答えを知っているかもしれないから。

「それは、ユリア君自身が決めることよ。人間は結局、自分で決めたことにしか従えないから」

「そうですね……」

「若いうちは、たくさん悩《なや》むといいわ。大事なのは、自分で答えを見つけること。誰かの操《あやつ》り人形《にんぎょう》になるのではなく、自分の道を進むの」

「自分の道を」

「ええ。ユリア君はまだ若いけど、あなたならきっと自分の答えに辿り着くことができるわ」

にこりと微笑《ほほえ》みを浮《う》かべる。

そういえば、以前も最高司令部に向かう前に、クローディアさんには色々と話を聞かせてもらった。


「あなたの選択《せんたく》が、人類を救うことになるのかもしれないから」


ボソリと呟《つぶや》かれた、小さな言葉。

僕はしっかりと聞き取ることができなかった。

「すみません。今、何と？」

「ううん。何でもないわ」

その後、二人で他愛《たあい》ない雑談をした。

今まであった作戦のことや、クローディアさんの思い出話。

そして……。

「そういえば、ユリア君はエイラと仲がいいわよね？」

「はい。歳《とし》が近いので、良くしてもらっています」

「ふーん。本当にそれだけかなぁ？」

ニヤニヤと笑いながら、彼女は距離を詰《つ》めてくる。

「それ以外にありますかね？」

「うんうん。やっぱり、若いのはいいね。青春、って感じだよ！」

「はぁ……」

妙《みょう》にテンションが上がっているようだった。

その後、夜になったので自然と解散する流れになった。

最後に感謝の言葉を伝えると、クローディアさんはなぜか悲しそうに微笑みを浮かべた。

「ユリア君。頑張《がんば》ってね」

「？　はい。頑張ります」

別れの言葉で、どうして頑張ってと言われたのか。
僕の今の状況《じょうきょう》のことを思って、言ってくれたのか。
それとも……。
その意味深な言葉の意味、そして別《わか》れ際《ぎわ》の悲しい表情の意味。
二つの真意を僕が知ることになるのは、もう少し先のことだった。

◇

私は、Sランク対魔師序列一位として着実に実績を残していった。
サイラスは人類最強だ。
そう言われ始めても、まだ実感などありはしなかった。
そんな時に、唐突《とうとつ》にある知らせが耳に入った。
両親と妹が死んだ。
そんな悲報が伝えられたのは、ある任務が終わってからだった。

ちょうど黄昏での移動をする際に、魔物に襲われてしまったらしい。

馬車に乗った両親と妹は、遺体の全てを集めることができないほどの状態だったという。

しかも、詳しく調べてみると、なんでも護衛をしていた対魔師が前日に酒を飲みすぎて、二日酔《ふつかよ》いの状態だったとか。

両親はずっと私のことを応援《おうえん》してくれていたし、何よりも妹は私の活躍をまるで自分のことのように喜んでいてくれた。

「お兄ちゃん！　Sランク対魔師になるの⁉」

「あぁ。そうだよ」

「凄《すご》い！　凄い！　しかも、史上最年少でしょ⁉」

「うん。アリサのおかげだよ」

「ううん。お兄ちゃんがずっと頑張ってきたのは、見てきたから！」

「アリサ……」

妹のアリサとは、歳が離《はな》れているがとても仲が良かった。

いつもいつも、任務の終わりにはアリサのもとにすぐに向かう。

あらゆる誘いを断って、すぐにアリサと話をしたいからだ。

アリサはどんな些細《ささい》なことであっても、私を笑顔《えがお》で迎《むか》えてくれた。自分の帰るべき場所はここなのだと、強く実感していた。

どれだけ厳しい任務であっても、妹のおかげで耐《た》えることができた。

「……」

葬式《そうしき》当日。

葬儀《そうぎ》の際、両親と妹の顔を見ることはできなかった。

普通《ふつう》は土葬《どそう》なのだが、遺体の損傷があまりにも激しいということで火葬《かそう》になった。

火葬によって残されるのは、骨だけ。

それを小さな壺《つぼ》に詰めてから、墓に入れた。


「可哀想《かわいそう》に……」

「Sランク対魔師とはいえ、まあ若いでしょうに」

「ええ。それも、護衛の対魔師が二日酔いだったとか」

「しっ。聞こえるわよ」

聞こえてはいた。

しかし、私はまるで抜《ぬ》け殻《がら》のようになっていた。

感情の全《すべ》てが抜け落ち、あらゆるものが零《こぼ》れていくような感覚。

「でも見て。泣いてないわよ」

「やっぱり、史上最年少のSランク対魔師ともなると流石《さすが》ね」

違《ちが》う。

私はもう、涙《なみだ》など出ないほどに悲しんでいるのだ。

もう両親の顔を見ることはできない。

任務が終わるたびに、笑顔を見せてくれた妹のアリサはもういない。

対魔師としての在り方を迷っている中、家族の存在だけが私の全てだった。

葬式は恙無《つつがな》く進行し、終了《しゅうりょう》した。

これから私は、どんな顔をして家族の墓の前に来ればいいのだろう。

「……ただいま」

家に戻《もど》ってくる。

普段《ふだん》は軍の寮《りょう》で過ごすことも多いが、少しでも休暇《きゅうか》があれば実家に帰ってくる。

今回も、家族の笑顔を見ることができると思っていた。

が、もう……この家は、あまりにも空虚《くうきょ》に包まれていた。

「う、うわあああああああああああ!!」

行き場のない慟哭《どうこく》を叫《さけ》ぶ。

どうして、死ななければならない。

どうして、罪もない人間が死ぬのだ。

どうして、最愛の人の死を受け入れなければならない。

どんな問いを繰《く》り返しても、家族は帰ってこない。

私はたった一人になってしまった。

この家には、もう……誰も待ってはいない。

妹の笑顔は、一生見ることはできない。

その後、私は任務に没頭《ぼっとう》した。

家族のことを考える時間をなくすかのように。

そうしなければ、自分の心が壊《こわ》れてしまいそうだったから。

しかし、少しずつ壊れていくのを止めることはできなかった。


「どうして序列一位がいて、息子《むすこ》が死ぬの⁉」

「あなたがいるから、信じていたのに！」

「返して、娘《むすめ》を返してよっ！」

仲間は次々と死んでいった。
その意志を継《つ》ぐためにも、全ての葬式に参加して。
せめて少しでも何かを心に残したいから。
葬式の度《たび》に、私は死んだ仲間の親族に罵倒《ばとう》され続けた。
誹謗《ひぼう》中傷は当たり前のものとなった。
同時に、腐《くさ》り切っている保守派からの圧力も強くなっていく。
「サイラス。次は、この貴族に挨拶《あいさつ》を。お前の力は、私たちにとっても重要だからな」
「……はい。分かりました」
私は、人類を救う対魔師になるために、進んできた。
でも、人類は決して私に報《むく》いることはない。
家族の死を経験し、罵倒され、権力に塗れた人間に利用される。
これが私の目指していた対魔師だったのか？
これが、私の理想の姿だったのか？
いや、違うだろう。
私は大人になる。

人間には醜い部分がある。

どうしようもない、醜い人間がいる。

そんな人間のために私は戦っているわけではない。

私は、私のために戦うべきだ。

自分の気持ちに素直《すなお》になれば、あとは簡単だった。

心がとても軽くなっていく。

「ひっ……！」

「……これは、報いだ」

「た、助けて！　あの時のことは反省している！」

「もう、手遅《ておく》れだ。私の家族は、帰ってこない」

「いっ――」

叫ぶ前に、喉《のど》をワイヤーで切り裂《さ》く。

家族を殺した対魔師を手にかけた。

復讐《ふくしゅう》は自分が思っていた以上に、素晴《すば》らしいものだった。

「は、ははは！　ははははは！」

それから先、任務の間に復讐をしていった。

自分の心のままに、行動することにした。

「や、やめっ！」

「ひっ」

「いやだっ！」

「……罪には、罰《ばつ》を」

あの事件に関《かか》わった人間は、全て殺した。

表向きは黄昏で死んだことになっている。

Sランク対魔師序列一位になった私にとって、書類の改竄《かいざん》など用意なことだった。

殺人を隠蔽《いんぺい》することに対して、何も思うことはなかった。

因果応報。

私は、自分の正義を実行しているだけなのだから。

「終わった……が、まだこれは始まりに過ぎない」

復讐は全て終わった。

けれど、これは終わりではなく始まりだった。

不必要なものを切り捨てていく。

そうだ。

今の人類には、あまりにも必要のないものが多い。

私の家族のような、素晴らしい人間だけがいれば、妹のアリサのように優《やさ》しさに満ちた人間だけがいれば。

こんな悲劇が起きることはなかった。

人間の悪性を取り除く。

私が選別した人間だけこそが、生きるにふさわしい。

あの時の両親、そして……アリサの笑顔。

優しい世界を作るには、醜い人間を切り捨てる必要がある。

その事実に気がついた私は、あまりにも高尚《こうしょう》な自分の使命に震《ふる》えた。

「は、ははは！　そうだ！　これこそが、私の使命だったのだ！」

黄昏を打ち破るのは、その後でいい。

まずは人類を浄化《じょうか》する。

それこそが、私の使命だと気がついた時、自分の生きがいを感じた。

決して以前の時には、味わうことのできなかった使命。

その甘美《かんび》な思想に、私は取り憑《つ》かれてしまった。

もう戻ることはできないが、私は嬉《うれ》しかった。

自分の生きるべき道を、自分で見つけることができたのだから。
歪《ゆが》んでいく想い。
私の人生は、ここから本当の意味で始まることになった。
人類を救おう。
その想いに変わりなど、ありはしないのだから。
なぁ、アリサ。
私は、アリサに優しい世界を作り上げるよ。
人々が笑い、悲しい思いをしない世界を。
そのためにたとえ、どれだけの犠牲《ぎせい》を伴《ともな》うとしても――。

第三章　核心《かくしん》へ迫《せま》る時

一週間が経過した。

後一週間ほど休暇が残っているので、僕《ぼく》は自室でゆっくりとしていた。

ただこの一週間の間で、僕は悠長《ゆうちょう》に街に出られないことを悟《さと》った。

これは数日前の話だけれど……。

普通に買い物をするためだけに、街に出ようとした時だった。

ある程度は変装したほうがいいと思ったので、深めに帽子《ぼうし》を被《かぶ》っていったのだが、僕だと見破った人が大声を上げてから大変なことになった。


「あ！　本物のユリアだ！」

「本物？」

「あの英雄《えいゆう》の？」

「うわっ！　マジじゃん！」

「サイン！　サインが欲しい！」

「私もー！」

という感じで、人が流《なが》れ込《こ》んできたのだ。

僕は何とか逃《に》げ帰《かえ》ってきたのだが、それからまともに街に出ることはできていない。

食事などは軍の施《し》設《せつ》を使って、それ以外はずっと自室で本を読んでいた。

ただし、もう本も全て読み終わってしまい、完全に暇《ひま》になっていた。

「暇だ。どうしよう……」

ボソリと呟く。

以前のこともあって、まだ完全に整理はついていない。

保守派か革新派か。

僕はどちらの道を進んでいくのか。

それとも、依《い》然《ぜん》として前に進み続けるのか。

まだ明確な答えは出ていないが、来たる任務のために体調だけは万全《ばんぜん》にしてある。

聞いた話によると、作戦によって設立された駐屯《ちゆうとん》基地は徐々《じよじよ》に拡大されているらしい。

駐屯基地までの道路などのインフラも整備され、十分にこの場所で生活できるようになっているらしい。

今後は、その基地を中心にした任務になるのかもしれない。

「ユリアー！　いるー？」

大きな声と、ノックの音が室内に響《ひび》く。

声の主は、ソフィアだった。

僕はすぐに立ち上がってから、ドアを開けに行く。

「お、いたいた」

「ソフィア。それにシェリーも」

「出かけてなくて、良かったよ～」

「うーん。ちょっと、出るに出れなくてね」

「お、やっぱり？　今やユリアは、英雄だもんね～」

何でも人々の間では、僕は英雄と呼ばれているらしい。

「あはは」

「まぁ、そうだと思っていいものを持ってきたよ！」

「ん？」

ソフィアは手に大きな紙袋《かみぶくろ》を持っていた。

二つあるそれは、良く見ると衣服が入っているようだった。

「お邪魔《じゃま》するね〜」

「私も、失礼するわ」

「うん」

ソフィアとシェリーが室内に入ってくる。

そして、ソフィアは紙袋から衣服を取り出すのだった。

「じゃーん！　見てこれ」

「服だね」

「ちっ、ちっ、ちっ」

と、指を横に振《ふ》るソフィア。

心なしか、得意げな顔をしていた。

「これは変装道具だよっ！」

「変装道具？」

もしかして、僕のために用意してくれたのだろうか。

「ユリアは幻影魔法《げんえいまほう》とか使えるけど、一応街とかでは許可なく魔法を使ったらダメでしょう？」

「そうだね」

そう。

Ｓランク対魔師であっても、許可なく魔法を使うことは許されていない。

よっぽどの場合は別とするけど、僕の場合は街で買い物などをしたいので、幻影魔法を使えてもしょうがないところはあった。

「ということで、これで変装するといいよ！」

「えーっと。それって、女性ものじゃない？」

「おっと。間違えた間違えた。ユリアはこっちだね」

まさか僕に女装でもしろ、と言うと思ったので流石にホッとする。

でもどうして、女性ものもあるのだろうか。

「で、女性ものはシェリーのね」

「私？　聞いてないけど」

「言ってないもん」

「はぁ……ソフィアってば、相変わらずなんだから」

ため息を漏《も》らす。

まぁ、ソフィアらしいといえば、らしいけど。

「ということで、恋人《こいびと》設定で行こう！　顔は化粧《けしょう》もして、バレないにするから！」

「「ええ⁉」」

シェリーと声が重なる。

変装をする、というのは理解できるけれど、流石に恋人設定というのは看過できなかった。

「ちょっと、どういうこと！」

「シェリー。これは、ユリアのためなんだよ」

「ユリアのため？」

「ユリアも色々とあったし、羽を伸《の》ばしたいと思ってるよね？　息抜《いきぬ》きは必要だよっ！」

息抜き、か。

確かにずっと戦ってばかりな上に、帰って来てからはパーティーなどで忙《いそが》しかった。

それに、日用品や本は買っておきたいところだ。

ちょうど、作戦成功の報酬《ほうしゅう》もたくさん入ってきているところだったし。

「まぁ、そうだね」

「だからこそ、サポートする人が必要なんだよっ！」

「そ……そうかも？」

と、シェリーは納得《なっとく》しかけている様子だった。

「あ、でも」

「何、シェリー？」

「普通にユリアに欲しいものをメモして貰《もら》って、私たちが買ってくるのがベストなんじゃない？」

「……はぁ。分かってないね、シェリーは」

あぁ。

ソフィアが変装しよう！　と言うので、勢いで納得しかけていたけど、シェリーの案が確かにベストだと思う。

二人には申し訳ないけど、僕は変装したとしても外に出ないほうがいいと思うし。

「ユリアも、気分転換《てんかん》が必要でしょう？　ね、ユリア」

「いや、意外とそうでもないけど」

僕はそれほど外交的ではない。

もちろん、任務などで黄昏《たそがれ》に赴《おもむ》くのは何とも思わないが、どちらかといえば室内でゆっくりと過ごしたい派である。

「ユリア。ダメだよっ！　やっぱり、外の空気は吸っておかないと！」

「え……」

ズイッと近寄ってくるソフィア。

い、一体何が彼女《かのじょ》をそこまで駆《か》り立てるのだろうか……。

「まぁ、それは確かにそうかもね」

「でしょ！　ということで、二人で頑張っていこう！」

「お、おー？」

ということで、ソフィアに言われるがままに、僕とシェリーはまずは用意した服装に着《き》替《か》える。

僕の方は、上はシェリーと同じで白いシャツに下は黒いパンツスタイルだった。

そして、僕は深く帽子を被り、ソフィアが用意していたメガネをかける。

伊達眼鏡《だてめがね》ではあるけど、確かにこうしてみれば意外と誰《だれ》かわからないかもしれない。

初めからこうしておけば良かったと思うけど……せっかく、ソフィアが用意してくれたのだから、素直に感謝しておくべきだろう。

しばらくして、別室で着替《きが》えが終わったシェリーがやってくる。

「ジャーン！　どう？」

「……うぅ。恥《は》ずかしい」

シェリーは、普段から膝《ひざ》よりも上の丈のスカートを履《は》いているけど、今日はいつもよりも短い。

上は袖《そで》がフリルになっている派手なシャツで、全体的に大人っぽい印象である。

顔も化粧をしているようで、いつもとは見違《みちが》える。

「えっと、綺麗《きれい》だと思うよ。いつもと雰囲気《ふんいき》も違って」

「う……っ！」

シェリーは顔を逸《そ》らして、赤くなっている頬《ほお》を両手で押《お》さえる。

「うんうん。ユリアの方も、それだと分からないね！」

「そうだね。ソフィア、色々とありがとう」

「いえいえ。じゃ、まずは段取りだけど……」

「段取り？」

「恋人設定だから、ちゃんとしないとね！」

そして、ソフィアは嬉々《きき》として話を続ける。

「まずは、腕《うで》はしっかりと組むこと！」

「「えっ！」」

再び声が重なる。

恋人設定だからといって、そこまでする必要があるのだろうか。

「やるからには、ちゃんとしないと！」

「そ、そうよねっ！」

シェリーは先ほどと違って、少しだけやる気？　みたいなものがあるような気がした。

もしかして、ソフィアと二人の時に話でもしたのだろうか。

でも……やっぱり、ソフィアが僕のためを思ってしてくれているのだから……。

「ソフィアには振り回されてばかりだけど、やるよ。僕も、気分転換はちょうどしたかったし」

「じゃあ――」

ということで、僕とシェリーは早速《さっそく》二人で街に向かうことにするのだった。

◇

腕を組んで、早速やってきた街中。

今までとは違って、僕だとは誰にもバレてはいない。

僕を素通《すどお》りしていく人たちを見て、とりあえずホッとする。

「ユリア。とりあえずは、大丈夫《だいじょうぶ》そうね」

「そうだね」

「今となっては、ユリアの人気はすごいわよね。学院でも、すごいことになっているのよ？」

「そうなの？」

学院もまた、ちょうど今は長期休暇に入っている。

そのため、授業などには参加できていない。

「ええ。ユリアが学院に来るんじゃないかって、出待ちしている人もいるらしいわよ」

「そっか……本格的に、あまり外には出れないね」

「でも、今は大丈夫でしょう？　ちょっとその……恥ずかしいけど……」

シェリーは顔を赤く染めている。

流石に、かなり恥ずかしいのだろう。

「シェリー。あんまり無理をしなくても」

「ううん。ユリアのためだし」

正直なところ、僕が変装するだけでもいいのでは？　と思っていたりもする。

でもこれはきっと、ソフィアが僕に気を使ってくれているのかもしれない。

一人で寂《さび》しく街を歩くよりも、誰かがいた方がいいと思って。

「せっかくなら、ソフィアも来たらいいのにね」

「ソフィアは補習があるのよ」

「え、そうなの？」

「ええ。前のテストで、数学で赤点を取っているから」

「そっか。それは仕方ないね」

ソフィアは、「私は用事があるから、二人で頑張って！」と言って、颯爽《さっそう》と去って行った。

まさか、そんな理由があるとは。

「まぁ、ソフィアも破天荒《はてんこう》なように見えて、色々と気を使ってくれるから。今回のことも、私に……」

「私に？」

「ううん。何でもないわ」

「そっか」

僕らはそんな雑談をしながら、街中を歩いていく。

「まずはどこに行きたいの、ユリア」

「本屋かな」

「相変わらず、本が好きね」

「まぁね。暇なときは、本を読むに限るよ」

「任務の時も持って行ったりするの？」

「いや、流石に持っていかないよ。最近は特に、大変な任務が多いし」

そして、二人で書店に入ると、僕は適当に見繕《みつくろ》って五冊ほど本を購入《こうにゅう》する。

これだけあれば、残りの休暇の時間は潰《つぶ》せるだろう。

「次はどうしましょうか」

「食事でも行く？　ちょうどお昼時だし」

「そうね」

と、二人で腕を組んで歩みを進めようとした矢先、見知った人が視界に入る。

「あ」

「あれって……」

先輩《せんぱい》だった。

桃色《ももいろ》のツインテールは、否応《いやおう》なく目立つ。

ちょうど前から歩いてくる先輩は、まだ僕らには気がついていない。

このまま、自然とすれ違ってくれたらいいけど……。

「ふぅ。大丈夫そうね」

「だね」

流石に、今の状況を説明するのは面倒《めんどう》なので、先輩が素通りしてくれて良かった……と思った瞬間《しゅんかん》だった。

「あり得ないと思っていたけど、ユリアよね？」

後ろから、先輩の声が聞こえてきた。

「ひ、人違《ひとちが》いです……」

声を小さくして、何とか誤魔化《ごまか》そうと試みる。

「いや、絶対にユリアよ。声だって、間違《まちが》いないし。でも変装しているのは分かるけど……恋人がいたの？」

冷気が後ろから流れてくる。

比喩的《ひゆてき》な意味ではなく、本当に空気が凍《こお》りついているようだった。

「エイラ先輩。私です……シェリーです」

「シェリー？　二人で変装して、どうしたの？」

仕方がないので、僕たちは先輩に事情を説明することにした。

「ふーん。ま、ソフィアらしい考えよね」

「は、はい」

なぜか説教をされているようで、僕は思わず頭を下げてしまう。

「それにしても……」

じーっと先輩は、シェリーのことを見つめる。

「くっ……私ももう少し大きければ……っ！」

悔《くや》しそうに見上げているので、もしかしたら身長のことかもしれない。

先輩は自分が小さいことを、意外と気にしているようだから。

「こほん。ユリアは今は大変そうだし、今回は見逃《みのが》してあげるわ」

「あ、ありがとうございます？」

感謝を述べるのもおかしいが、そう言っておくほうがいいと思った。

「シェリーも変なことはしないように。ね？」

「は、はい」

「じゃあ、私はこれで。ユリア、今度埋《う》め合わせしてよね」

「埋め合わせですか？」

「ええ」

「いいですけど……」

と、謎《なぞ》の約束を取り付けられ先輩は街中に消えて行った。

「ふぅ。焦《あせ》ったわね」

「そうだね」

「流石に知り合いに見つかると、ちょっとドキドキするわ」

「はは。そうかもね」

その後、二人で色々と買い物をして回った。

僕だけではなく、シェリーも買いたいものがあったようで、ちょうど良かったらしい。

そして僕らは、川辺にやってきていた。

「よっ！」

シェリーが声を上げて、石を川に投げていた。

いわゆる、水切りという遊びで僕も幼い時にやったことがある。

「見て！　十回も跳《は》ねたわ！」

「うん。すごいね」

「ユリアもやってみたら？」

「そうするよ」

手近にある薄《うす》い石を手に取ると、勢いよく川に投げる。

するとと、石は勢いよく跳ねていき、十五回ほど跳ねると、水の中に沈《しず》んで行った。

「嘘《うそ》っ！　そんなに！」

「おー意外といったね」

「むぅ……負けないわよっ！」

シェリーはムキになって、石を投げ続けるが僕の回数を超《こ》えることができなかった。

「うぅ……どうして」

「コツがあるんだよ」

「コツ？」

「もっと姿勢を低くして、できるだけ地面と水平にするように投げるんだ。あとは、威力《いりょく》の問題かな」

「むむむ……」

僕のアドバイスを受けて、シェリーは石を投げた。

すると、勢いよく跳ねていき僕と同じくらいは石が跳ねていった。

「やった！」

「うん。綺麗に跳ねたね」

「ふふ」

「どうしたの？」

微笑《ほほえ》むシェリー。

黄昏の光に照らされながら、彼女は笑う。

「何だか、小さい頃《ころ》に戻ったみたいで」

「そうだね。楽しいよね」

「ええ。昔は純粋《じゅんすい》に、心から世界を楽しんでいた気がするわ」

「そう……だね」

昔は、ということは今はそうではない、ということだ。

だって、僕らはもう対魔師として戦っているんだから。

「ユリア。聞いて欲《ほ》しいことがあるの」

真剣《しんけん》な眼差《まなざ》しで、僕のことを見つめてくるシェリー。

「実は私も、これからは黄昏での任務が多くなるの。昇格《しょうかく》、とまではいかないけど、駐屯基地ができたことで黄昏に出ることが以前よりも容易になったでしょう？」

「うん」

「そこで、新しく人員が募集《ぼしゅう》されることになったの。主に、高位の対魔師のサポート役として。ダメもとで応募《おうぼ》してみたら、通ったみたいで」

その話は聞いていたけど、まさかシェリーが通るとは……。

いや、もともと片鱗《へんりん》はあった。

ベルさんの教えを受けて、シェリーは前よりもずっと強くなっているから。

「だから、今後はユリアと一緒《いっしょ》に戦うことができるかも。まだ隣《となり》では戦えないけど、私も前に進んでいるわ」

「うん。おめでとう」

「ありがとう。私、ユリアに出会えて本当に良かった」

両手をギュッと握《にぎ》りしめる。

揺《ゆ》れている彼女の瞳《ひとみ》に、まるで吸《す》い込まれるようだった。

「ユリアと出会って、私は変わることができた。もし、出会っていなければ、ここまで真《しん》摯《し》に自分と向き合えていないと思うの」

「そんなことはないと思うけど」

「ううん」

首を横に振る。

「やっぱり、同じ歳《とし》で先に進むあなたがいたからこそよ」

「そっか……でも、僕だって、シェリーと出会えて良かったよ」

「どうして？」

意外そうな顔をするシェリー。

チラッと僕の顔を窺《うかが》いながら、指先を遊ばせている。

「も、もしかしてそれって——」

「大切な友人がいるからこそ、僕は戦うことができる」

「あー。そうよね……期待した私が、バカだったわ」

「あ、えっと。その……ごめん？」

「ううん。何でもないわ。ともかく！　今後とも、よろしくね！」

「うん」

握手《あくしゅ》を交《か》わす。

作戦が成功してから、色々と悩《なや》んでいたけど、ちょっとだけ吹《ふ》っ切れた気がする。

そういえば、前にも僕が病《や》んでいるときは、シェリーが助けてくれたっけ。

彼女には本当に助けられている。

シェリーだけではない。

ソフィア、リアーヌ王女。

他にもたくさんの人のおかげで、僕は進むことができている。

やっぱり、僕は人に恵《めぐ》まれている。

改めてそのことを痛感するのだった。

◇

「ということで、行くわよユリア！」

「は、はぁ……」

休暇《きゅうか》も残り少なくなってきた頃、先輩がやって来た。

この前言っていた埋め合わせ、というやつだろうが、気になることがあった。

先輩は帽子を被って、手にはバットを握っていた。

バットの先には、グローブがぶら下がっていた。

「もしかして、野球をするんですか？」

「そうよ！」

「意外ですね。先輩が野球をするなんて」

「ふふ。意外と好きなのよね」

ニカッと笑いを浮《う》かべる先輩。

とても嬉しそうだ。

「野球はいいですけど、メンバーはどうするんですか？」

「もう用意してあるわ。場所も、結界都市の端《はし》の方だから人も少ないわ。変装はしないでもいいわよ。ただこれは渡《わた》しておくわ」

と、先輩から帽子を受け取る。

「ありがとうございます」

「よし！　準備万端《ばんたん》！　行くわよ！」

「はい」

先輩の後についていく。

結界都市には、娯楽《ごらく》としてある程度、スポーツは浸透《しんとう》している。

野球やサッカーなど、遊んでいる子どもは多い。

大人たちも遊んでいる人は多い。

僕らがやってきたのは、結界都市の南側にある大きな草原。

こちら側は確かに、あまり人通りがない。

「あ！　エイラだ！」

「本当だ！」

「ん？　知らない人もいるけど……あれって」

そこには、子どもたちがいた。

どうやら、先輩のことは知っているらしい。

「あんたたち、ユリアを連れてきたわよ」

先輩がそう言うと、子供たちが一気に流れ込んでくる。

「本物！　本物なの？」

「あはは。まぁ、一応」

「すげー！」

「本物だ！」

「サイン！　サインちょうだい！　あ、ペンがないや」

子どもたちは大喜びだった。

これくらいなら、本当にちょうどいいのだが。

「先輩。子どもたちと知り合いなんですか？」

「そうよ。ここにいるのは、孤児院《こじいん》の子どもたちでね」

僕と先輩がそう話している間に、子どもたちはキャッチボールをしていた。

「こんな世界だし、孤児もいるでしょう？」

「ええ」

「だから、給料から少し孤児院に送っているの。あとは、暇な時に遊んであげているのよ」

「そうだったんですか」

エイラ先輩のことは、ある程度は知っているつもりだったが、こんな一面があったとは。

それに、子どもたちの反応を見るに、とても慕《した》われているようだった。

「よし。私たちもキャッチボールをするわよ。ウォームアップは大切だから」

「分かりました」

先輩とキャッチボールをする。

黄昏に行くまでは、運動も苦手だったが、今となっては体を動かすことは苦手ではない。

スムーズにボールを投げることができた。

「うん。筋がいいわね」

「ありがとうございます」

「もしかして、結構やってた？」

「いえ。全く」

「そ。なら、センスがいいのね」

その後、しばらくキャッチボールをしていると、視界に二人の女性の姿が入る。

「あら。ユリアさん？」

「リアーヌ王女。それに、ベルさんもどうも」

「……ユリアくん。久しぶり」

やってきたのは、リアーヌ王女とベルさんだった。

リアーヌ王女は麦わら帽子に、真っ白なワンピース。

手には大きなバスケットを抱《かか》えていた。

ベルさんの方は、動きやすそうな軽装だった。

「エイラが誘《さそ》ったの？」

「ええ。ユリアがいてもいいでしょうね？」

「そうですね。私はいつも、見てるだけですから」

どうやら、いつも一緒に野球をしているのはエイラ先輩とベルさんだけらしい。

「よし。じゃあ、早速やりましょうか」

適当にチームを振り分け、打順やポジションを決める。

僕《ぼく》は経験は浅いが、期待しているとのことで四番ライトになった。

「はい。では、整列してくださいね」

審判《しんぱん》は自己判断らしいが、初めの掛《か》け声《ごえ》はリアーヌ王女が仕切ってくれた。

「では、一同礼」

『よろしくお願いします』

そうして、試合を始めることに。

今日はまさか野球をすることになるなんて、思ってもみなかったので、割と驚《おどろ》いてはいるが……実際にやるとなると、面白《おもしろ》そうではあった。

チーム編成は、僕とエイラ先輩が同じチーム。

ベルさんは敵側だ。

他のメンバーは、子どもたちで構成されている。

「よし。今日はベルを攻略《こうりゃく》するわ」

一番セカンドはエイラ先輩だ。

入念にストレッチをして、準備をしている。

「今日はってことは……」

「ベルに対して、私の打率は二割程度。絶対に今日こそ、三割打ってやるわ」

「そうですか……」

どうやら、僕の知らないところで色々と因縁《いんねん》があるらしい。

僕はベンチで試合の様子を見守ることに。

隣には、リアーヌ王女が座《すわ》っている。

「ふふ。まさか、ユリアさんが来るなんて」

「先輩に急に誘われて」

「エイラらしいですね」

「以前からしているのですか？」

「そうですね。孤児院の子どもたちとは、定期的に一緒に遊んでいます。もちろん、金銭的な支援《しえん》も」

リアーヌ王女は、大きな声を出してベルさんを応援《おうえん》する。

「ベル！　エイラをしっかりと抑《おさ》えるのよ！」

「……はい」

コクリと頷《うなず》く。

どうやら、リアーヌ王女もとても楽しそうな様子である。

「やはり黄昏によって犠牲《ぎせい》はどうしても、出てしまいます」

「そうですね」

「そして、子どもだけが残されてしまう。そんな悲しい世界ではありますが、少しでも何かできないかと思いまして。少し前から、始めたのです。エイラは子どもたちに人気ですし、ベルも面倒見《めんどうみ》が良くて。私も、お菓子《かし》や料理を差し入れしてまして」

「ということは、そのバスケットは」

「はい。終わったら、みんなで食べようと思ってまして」

「それは楽しみですね」

「ふふ。期待してくれてもいいですよ？」

そんな話をしている間に、ベルさんと先輩の戦いは決着した。

「くっ……！」

「ふふふ。エイラ、三振《さんしん》」

「次は絶対に打つわ！」

先輩は空振《からぶ》り三振。

最後は、落ちる変化球だった。

「ユリア。四番として、絶対に打つのよ」

「でも僕は、素人《しろうと》ですが……」

「いいこと。ベルの球種は、ストレート、カーブ、スライダー、フォーク、チェンジアップよ。ストレートにそこまで球威《きゅうい》はないけれど、かなりの技巧派《ぎこうは》。四球は期待できないわ」

「すみません。後半の球種が分からないんですが……」

「ま、とりあえずは感覚で打てばいいのよ！」

「は、はぁ……」

子どもにはある程度の加減をしているようで、三番がヒットを打って、ツーアウト一塁《るい》で僕に打席が回ってきた。


「ユリア！　打つのよ！」

「ユリアさん。頑張《がんば》ってください！」


先輩とリアーヌ王女の声が聞こえてくる。

野球に参加していない子どもたちも僕らを応援しているようだった。

「ユリアくん。私は、手加減しないよ？」

「お手柔《てやわ》らかに……」

まずは一球目。

見逃して、ストライクだったが打てないと感じるほどではない。

次は振《ふ》ってみようかな。

「お……っと」

変化球だった。

フワッと曲がって、鋭《するど》く落ちていくボールに何とかバットを当てる。

「初見で私のカーブに当てるとは、やるね」

ベルさんはスイッチでも入ったのか、深く帽子《ぼうし》を被《かぶ》り直して、僕のことを真剣に見つめてくる。

野球のことはよく分からないけど、ボールにはある程度反応できる。

次は思い切り振ってみよう。

「……ふっ！」

投げてきたボールは、ストレート……と思いきや、僕の手元で急激に沈んできた。

が、何とか反応してすくい上げるようにして、ボールを打ち上げる。

「あ」

ふと、声を漏《も》らす。

そこまで良いあたりとは思わなかったけど、外野の頭を越えていく。

「ユリア！　ホームラン狙《ねら》えるわよ！　走って！」

「はい！」

先輩にそう言われて、すぐさまグラウンドを駆け抜《ぬ》けていく。

三塁を回った時、先輩たちが大きな声を上げてくる。

「ユリア！　スライディングよ！」

「はい！」

そして、ホームベースに滑《すべ》り込《こ》むと同時に、ボールが返球されてタッチされるが……。

「セーフね！　ホームランよっ！」

「すごいすごい！」

「やっぱ英雄《えいゆう》は凄《すご》いんだっ！」

「うわーっ！　かっこいいっ！」

チームのみんなが、褒《ほ》めて喜んでくれる。

僕としては、無我夢中《むがむちゅう》だったのでホームランを打った実感はないのだが。

「ユリアくん。次は負けないよ」

ベルさんもどうやら悔しいのか、そんなことを言ってくる。

その後、試合は波乱もなく進んでいく。

僕のビギナーズラックもそこまでで、ベルさんの前に僕らはほとんど完封《かんぷう》されてしまった。

試合は三対一で負けてしまった。

「くっ……結局、ヒット一本だけなんて！」

「ふふふ。エイラちゃんは、まだまだだね」

「次こそは打つわ」

「うん。次も、打ち取ってあげる」

エイラ先輩とベルさんのやりとりは、とても微笑ましいものだった。

「ユリアさん。お疲《つか》れ様《さま》です」

「ありがとうございます」

リアーヌ王女が、タオルと飲み物を持ってきてくれる。

「かっこよかったですよ」

「はは。でも、一打席目だけでしたけど」

「いえいえ。ベルはとっても凄いピッチャーなんですよ。ホームランを一度打つだけでも、本当に凄いです」

「恐縮《きようしゆく》です」

リアーヌ王女は感心しているのか、テンションが少し高いようだった。

「そうよ、ユリア！　私はまだ、ホームランは打ってないんだから」

「それは、エイラがちっちゃいからだよ」

「うんうん。エイラは小さいから！」

「あんたたちー！」

「うわー！」

「逃《に》げろー！」

子どもたちが、先輩を茶化《ちやか》すので鬼《おに》の形相で先輩が追いかけていく。

子どもたちは笑いながら、逃げ回っている。

その光景はやはり、とても美しいものだと思った。

そうだ。

僕らが守ったおかげで、子どもたちの笑顔《えがお》があるんだ。

改めて、今回のことでそれを実感できた。

「ユリアくんは筋がいいね」

「いいえ。ベルさんには敵《かな》いませんよ」

「ううん。きっと、いいバッターになるよ。また勝負したい」

「はい。その時はよろしくお願いします」

頭を下げる。

僕としても、これからはこの催《もよお》しに積極的に参加したいと思っていた。

「よし！　次はサッカーをするわよ」

「わーい！」

「やったー！」

「行くわよ、みんな！」

先輩は気がつけば、サッカーボールを蹴《け》り始めていた。

エイラ先輩は、スポーツ全般《ぜんぱん》が得意なようだった。

「ふふ。やっぱり、エイラは元気ですね」

「そうですね」

リアーヌ王女は微笑《びしょう》を浮かべていた。

「でもユリアさんが来てくれたおかげで、今日はいつもよりもみんな楽しそうです」

「それは……そうだと、良いのですが」

子どもたちと一緒に遊ぶ時間。

みんな一緒になって、時間を共有する。

そこには、たとえＳランク対魔師《たいまし》であったとしても、楽しむということに違《ちが》いなどありはしなかった。

ただ純粋に、遊びを楽しむ。

こんな時間を過ごすのは、本当に久しぶりだった。

それこそ、幼少期以来で……。

「ねぇねぇ。ユリアは強いんだろう⁉」

「ん？　まぁ、そうだね。一応、Ｓランク対魔師だしね」

「作戦でも、強い魔物《まもの》を倒《たお》したんだろう！　凄いな！」

「……うん。そう言ってもらえて、嬉《うれ》しいよ」

一人の少年が話しかけてくる。

ちょうど今は休憩《きゅうけい》中で、それぞれが子どもたちと話をしている。

「あ、あのさ……」

「どうかした？」

少年が、手をもじもじとさせながら何か言いたそうにしている。

「お、俺《おれ》も！　ユリアみたいな、対魔師になれるかな⁉」

「……それは」

すぐに答えることはできなかった。

僕の場合は、事情がかなり特殊《とくしゅ》だ。

学院に入った当初は、落ちこぼれ。

そして、黄昏《たそがれ》に追放されることで、何の因果か才能が開花した。

そこから先はただ無我夢中で走ってきた。

後ろを振り向く暇《ひま》など、ありはしなかった。

だからこそ、今考える。

僕は、少年に言うべきことは……。

「僕みたいな対魔師を目指しているの？」

「うん！　みんなを救える、かっこいい対魔師を目指したい！」

「そっか。なら、いっぱい努力しないとね」

「努力？」

「うん。Sランク対魔師の人はみんな、すっごく努力しているから」

「そうすれば、ユリアみたいになれる⁉」

「うん。きっと、僕みたいに……いや、僕以上の対魔師になれるかもね」

「おおおお！　なら、頑張る！　いっぱい、いっぱい頑張るよ！」

「期待しているよ」

優《やさ》しく頭を撫《な》でる。

少年はテンションが上がったのか、みんなのいるところに走り去ってしまった。

「ユリアくん」

「ベルさん。どうも」

「子どもの質問って、結構重いよね」

「そう、ですね。それでも、その意思を否定するわけにはいきませんから」

あの少年がどんな未来を歩むかなんて、分かりはしない。

対魔師として開花するのか、それとも別の道を進むことになるのか。

まだ少年は知らない。

僕らの周りには、常に死が迫《せま》っていることを。

自分だけではなく、仲間の死を背負って進まないといけない。

光の当たる部分だけでは、生きていけない。

そのような闇《やみ》にも、向き合っていかないといけない。

ただそれを伝えるには、彼《かれ》はあまりにも幼すぎる。

それに、そのことは自分で気がつかないといけない。

「私も、よく聞かれるよ。どうやったらSランク対魔師になれるのかって」

「ベルさんはなんて答えているんですか？」

「ユリアくんと同じだよ。いっぱい努力して、諦《あきら》めなければいいって。それは都合の良い言葉だって分かってる。けど、決して努力した過程は無駄《むだ》にはならない。そう信じているから」

「はい。僕もそう思います」

孤児たち。

両親はいなく、見習う大人はいない。

だからこそ、ベルさんは子どもたちに色々と伝えているのかもしれない。


「ちょっと！　私のサンドイッチよ！」

「へへ！　エイラのものは、僕のものだよ！」

「コラー！」

先輩《せんぱい》は相変わらず、子どもたちに人気みたいだった。

「この光景を守るために、今後も頑張らないといけないね」

「はい。そうですね」

最後はみんなで食事を取って、終わりとなった。

リアーヌ王女が作ってきてくれた食事はとても美味《おい》しかった。

「ユリアさん」

「なんでしょうか？」

別《わか》れ際《ぎわ》。

全員が解散して、僕も帰路に就《つ》こうとする時にリアーヌ王女に話しかけられた。

「明日はお暇ですか？」

「ええ。休暇は後少しで終わりですが、まだ大丈夫《だいじょうぶ》です」

「では、明日は私と一緒にお菓子を作りませんか？」

「お菓子……ですか？」

「はい」

リアーヌ王女の夢は知っている。

将来は、お菓子屋《かしや》さんになることだ。

いつか平和になった世界で、自分のお菓子を売り出したいと以前聞いた。

でもまさか、一緒に作ることは考えてもみなかった。

「ユリアさん」

「な、なんですか？」

急に近寄ってくるリアーヌ王女。

ニコニコと笑って、完全に笑顔だが妙《みょう》な圧があるような気がした。

「エイラに聞きましたが、シェリーさんと恋人《こいびと》設定でデートをしていたとか」

「う……」

せ、先輩！

どうしてそのことを！

どうやら、先輩があの時のことをリアーヌ王女に詳しく伝えたようだった。

「私もユリアさんと一緒に過ごす時間が欲しいのですが。もちろん、二人きりで」

「えっと……こちらこそ、よろしくお願いします」

「やったっ！」

小さなガッツポーズをするリアーヌ王女。

まぁ、それくらいならいいだろう。

ただし、リアーヌ王女とは親交があるとはいえ、相手はやはり王女。

集まる場所はおそらく……。

「では、明日は王城に来てください。まずは私の部屋に案内しますので」

「分かりました」

ということで、まさかのリアーヌ王女の自室に招待されることに。

色々とあるかもしれないが……きっと、休暇での最後の交流になる。

最後くらい、楽しむ気持ちがあってもいいのかもしれない。


翌日。

僕は変装して、王城までやってきていた。

メイドの人が待っていたので、リアーヌ王女の件を伝える。

「お待ちしておりました。では、こちらへ」

王城の一室へと案内される。

「リアーヌ様。ユリア様を、お連れいたしました」

「通してください」

「では、ユリア様。どうぞ」

「失礼します」

室内に入るように促《うなが》されたので、ドアを開けて中に入る。

「ユリアさん。昨日はお疲れさまでした」

「はい。楽しかったです」

室内は、とても整っていた。

綺麗《きれい》な白い壁《かべ》に、豪華《ごうか》な天蓋《てんがい》付きのベッド。

机には一冊のノートが置かれていた。

また本棚《ほんだな》はかなり大きめで、多くの蔵書が収納されていた。

「あまり見ないでください。恥《は》ずかしいです……」

「あ。すみません……」

照れているリアーヌ王女に、少しだけドキッとしてしまう。

「それでは、まずはエプロンを着けてから、調理場に行きましょう」

「エプロンですか？」

「はい。ユリアさんのために、可愛《かわい》いものを用意しましたから」

「可愛いもの……？」

嫌《いや》な予感がする。

そして、リアーヌ王女が取り出したのはピンク色でクマの刺繍《ししゅう》があるエプロンだった。

流石《さすが》に僕には似合わないと思うので、頬《ほお》が引きつる。

「それを、僕が？」

「はい♪」

「どうしても？」

「どうしても、ですっ♪」

「……嫌だと言ったら？」

「嫌なんですか……？　ユリアさんのために、せっかく用意したのに……」

あからさまに落ち込むリアーヌ王女。

ここは仕方ない。

着けるしかないか。

「分かりました……」

僕がリアーヌ王女からエプロンを受け取ろうとすると、彼女はスッと手を引く。

「え？」

「私が着けます」

「なるほど……？　では、お願いします」

よく分からないが、リアーヌ王女がエプロンを着けてくれるらしい。

彼女は僕の後ろに回ると、さっそく可愛いエプロンを着けてくれる。

「うん♪　可愛いですねっ」

「はは。恐縮です」

それから僕は、調理場へと案内される。

「実は私専用の調理場があるんです」

「へぇ。そうなんですか」

「はい。この部屋の隣《となり》にありますので」

どうして部屋に別の扉《とびら》があるのかと思っていたが、そういうことだったのか。

僕はリアーヌ王女の後をついていく。

調理場に入ると、中には甘《あま》い匂《にお》いが漂《ただよ》っていた。

いや、これはどちらかというと、残っているといった感じだろうか。

「甘い匂いがしますね」

「ええ。ずっと暇なときは作っていますから」

「なるほど」

「努力しているんですね。すごいです」

「いえ。ユリアさんたちが日頃《ひごろ》からしていることに比べれば」

準備をしながら、リアーヌ王女は微《かす》かに顔に陰《かげ》を落とす。

確か前に言っていたが、戦うことができないことに引け目を感じているとか。

「そんなことはありません。リアーヌ王女のおかげで、僕は本当に助けられています」

「……そう、ですか？」

「はい。任務のこともそうですが、こういったお菓子や料理などの差し入れ。やっぱり、気持ちのこもった料理は嬉しいです」

「ユリアさんは、やっぱり優しいですね」

彼女の笑《え》みは、やはりとても美しいと思った。

「それで、今日は何を？」

「クッキーにしようかと。ただ、手順などは分からないと思うので、私が指示しますね」

「はい。よろしくお願いします」

リアーヌ王女は台所に材料を用意すると、テキパキと作業に入る。

「それでは、この生地《きじ》を練っていてください」

「分かりました」

おそらくは、小麦粉などを合わせて作った生地を渡されたので、僕は丁寧《ていねい》にそれをこねていく。

「手際《てぎわ》がいいですね」

「センスあります？」

「はい！　とっても上手ですよ」

「ありがとうございます」

たとえお世辞だとしても、その言葉は純粋《じゅんすい》に嬉しかった。

その後、僕はリアーヌ王女の指示に従って作業をしていく。

「では、最後は型抜《かたぬ》きをしましょうか」

「型抜きですか？」

「はい。好きな形に、生地をくり抜いていくんです」

「……なるほど」

僕はリアーヌ王女に、型抜きの素材を渡《わた》される。

動物のものや、ハートや星。

いろいろな形があった。

「私は、ハートと星にしますね」

「では僕は動物のものを」

二人で並んで、型抜きをしていく。

真剣《しんけん》にしていたので、距離《きょり》が近づいているのに気がつかなかった。

「あ」

「おっと。すみません」

肩《かた》が触《ふ》れ合う。

リアーヌ王女はバランスを崩《くず》しそうだったので、思わず抱《だ》きとめてしまう。

「す、すみませんっ！」

「いえ」

王女は忙《せわ》しなく髪《かみ》を触《さわ》り、頬には微かに朱色《しゅいろ》が差していた。

僕としてもそんな反応をされると恥ずかしいので、しばらく黙《だま》って作業をする。

「それでは、あとは焼くだけですね」

「はい」

「でも実は、ここが重要なのです」

「へぇ。そうなんですか？」

「はい。以前は失敗してばかりで、真っ黒なクッキーばかりができてしまって」

「リアーヌ王女でも、そうなんですね」

ちょっと意外だった。

リアーヌ王女は、なんでもすぐにこなせそうに思っていたから。

「もしかして、私が器用だと思っています？」

「違うんですか？」

彼女はオーブンに生地を入れて火力を調整すると、僕の方に振り向く。

「昔から不器用なんです。お菓子作りも、好きだったけれど私があまりにも失敗してばかりだったから、ベルの方が先に作り方を覚えたんです」

ベルさんとリアーヌ王女。

確か、二人の付き合いはかなり長いとか。

「ベルさんらしいですね。ベルさんとは、付き合いが長いんですか？」

「はい。幼い頃《ころ》からずっと、ベルは私の護衛です。任務の時は離《はな》れていますが、それ以外の時はほとんど一緒《いっしょ》にいます」

「あれ。でも今日は？」

「今日はちょっと、ベルの方が用事があるということで」

するとリアーヌ王女は、小さな声を漏らす。

「だからユリアさんを、今日誘ったんですが……」

そして、顔を上げると、彼女は話を続ける。

「ベルには本当にお世話になっているんです。口下手ですけど、とても面倒見が良くて、優しいんですよ？」

「それは知っています」

ベルさんは確かに、あまり口数が多くない。

それでも彼女の優しさは付き合いの短い僕でも知っている。

「ええ。ベルは母のようで、姉のようで、本当の家族と思っているんです」

家族の話。

確か王族は、普通《ふつう》の家族のような形ではない。

子どもが生まれたとしても、両親が面倒《めんどう》を見ることはない。

乳母《うば》などに任せてしまうことが多いと、聞いている。

だからこそ、ずっとリアーヌ王女と一緒にいるベルさんはもはや家族のような存在なのだろう。

「ユリアさん。こんなこと、あまり言っていいことではないと分かっているんですが……」

リアーヌ王女は、腕《うで》を後ろに組む。

『ベルのことよろしくお願いしますね？』

「いえ。僕の方が、お世話になっているばかりで」

「それでも、です。黄昏での戦いでは……万が一もありますから」

そのことは否定できなかった。

前までなら、キッパリと否定できていたかもしれない。

しかし、七魔《しちま》征皇《せいこう》の存在によって、僕らＳランクの存在は絶対的ではないと思っている。

万が一の可能性は決して否定できない。

「あ。焼けたみたいですね」

話《はな》し込んでいるうちに、焼き上がったようだ。

リアーヌ王女がミトンを手に嵌《は》めると、天パンを取り出す。

「うわぁ。いい匂いですね」

「でしょう？」

熱を冷ました後、クッキーをお皿に並べていく。

ちょうどいい焼き色で、とても美味しそうだった。

「では、一緒に食べましょうか。それと、紅茶もすでに用意してありますので」

「ありがとうございます」

リアーヌ王女が全部をトレーに載せて運ぼうとするので、僕《ぼく》は彼女の代わりにそれを持つ。

「僕が持っていきますよ」

「ありがとうございます。では、お願いしますね？」

「はい」

そうして、テーブルに紅茶と焼き立てのクッキーを並べると、さっそく食べてみることに。

「では、いただきます」

「はい。召《め》し上がれ」

パクリと一口。

サクッと音を立てながら、クッキーの味が口内に広がっていく。

とても濃厚《のうこう》なバターの匂いが鼻腔《びこう》を抜け、甘さが口に残る。

「美味しいですね！　焼き立ては初めてでしたが、今まで食べた中で一番美味しいです！」

思わず饒舌《じょうぜつ》になってしまうのも、無理はなかった。

それほどまでに、このクッキーは美味しかった。

今までは焼き立てのものなど食べたことはなかったから、本当に美味しく感じた。

『そんなにですか？』

「ええ。やっぱり、リアーヌ王女はお菓子作りが上手ですね。きっと、将来開くお店も、大繁盛《だいはんじょう》すると思います」

「言い過ぎですよ」

くるくると髪の毛を、指先に巻きつける。

照れているようだが、お世辞などではなかった。

「いえ。本当です」

「では、信じます。ユリアさんは、素直《すなお》な方ですから。そう言ってもらえて嬉しいです。

それでは、私も失礼して」

僕らは談笑《だんしょう》を交えながら、クッキーを頬張《ほおば》る。

「えっと……あ〜ん」

「？」

「ダメ、ですか？」

ハート型のクッキーを僕の口元へと運んでくる。

初めは意味が分からなかったが、すぐに悟《さと》る。

「あーん」

「えいっ」

「えっと。美味しいですよ？」

「ふふ。良かったです」

どうしてこんなことをしたのか分からないが、嬉しそうに笑っているので良しとしよう。

その後。

クッキーはあまりにも美味しく、すぐになくなってしまった。

「ふぅ。本当に満足しました」

「そんなに気に入っていただけたのなら……その」

上目遣《うわめづか》いで彼女は、思いがけないことを言ってくる。

「今後は差し入れをしましょうか？」

「いいんですか？」

「はい。よく作りすぎて、ベルと二人で食べるのに苦労していますから」

「それはありがたいです。けど、僕から返せるものは何もありませんが……」

流石に貰《もら》ってばかりでは悪い。

そう思うが、僕が彼女に返せるものなど何もない。

「いえ。もうすでに、たくさんもらっていますから」

「え？」

「だから大丈夫です」

「それなら、いいんですけど」

満足げに微笑《ほほえ》んでいる。

僕は何かを渡した覚えはないが、リアーヌ王女がそう言うのなら、お言葉に甘えようか。

瞬間《しゅんかん》。

ドアがノックされる音が、室内に響《ひび》く。

「……リアーヌ様。戻《もど》ってまいりました」

「ベル。入っていいですよ」

「失礼します」

どうやら、ベルさんが戻ってきたようだ。

ちょうどクッキーも食べ終わったし、僕も帰った方がいいかな。

「それでは、僕はこれで失礼しようと思います」

「待ってください。実は……こちらの方が、本題なのです」

「本題?」

リアーヌ王女は、ただお茶会をするためだけに僕を誘《さそ》ったわけではなかったということか。

「場所を変えましょうか。ユリアさん、いいでしょうか?」

「はい。僕は構いませんが」

先ほどと打って変わった雰囲気《ふんいき》のリアーヌ王女。

そうして僕たちは、別の場所へと移動するのだった。

◇

移動先は軍の基地だった。

その中でも奥《おく》の方にある室内に入ると、ベルさんが魔法《まほう》を発動する。

「魔法障壁《まほうしょうへき》。それも、これほどの強度の……」

展開される魔法障壁は、明らかに行き過ぎたものだった。

ただし、それによってこれからする話は重要なものであると改めて理解できた。

「ユリアさん。まずは、おかけください」

「はい」

僕が席に着くと、対面にはリアーヌ王女とベルさんが着席する。

「ベル。ついに分かったのね？」

「……はい。結果が出ました」

「その感じからすると、やはり……」

「はい」

重い雰囲気だった。

リアーヌ王女は、明らかにがっかりしたような声音《こわね》だった。

「ユリアさん。以前からずっと、裏切り者の件をお話ししていたと思います」

「はい」

「実は……エリーの死に関して、微弱《びじゃく》な魔素が残っていたのです。それこそ、入念に操作しないと分からないほど。それは、エリーの血液の中に混ざっていました。本当に、ごく微量《びりょう》。それを調べた結果、誰《だれ》の魔素か判明しました。彼女は黄昏結晶《トワイライトクリスタル》以外にも、私たちに残していたのです」

まさか、裏でそんなことになっているとは……。

「もしかして、誰が裏切り者か分かったのですか？」

「これで裏切り者と断定するのは、早計かもしれません。ただし、実行犯は分かりました」

「その人間は……？」

神妙《しんみょう》な面持《おもも》ち。

リアーヌ王女は持っている封筒《ふうとう》から、書類を取り出す。

僕の目に映ったのは、おおよそありえない名前だった。


「サイラスさん……？」


Sランク対魔師序列一位。

そこには、サイラスさんの名前がしっかりと書かれていた。

書類の内容も、九九パーセント以上の確率で、サイラスさんの魔素だと示している。

そんなことがあり得るのか？

だって、サイラスさんはずっと結界都市を救ってきたはずだ。

僕が幼いころからすでに英雄《えいゆう》だったサイラスさん。

そんな彼がエリーさんを殺した？

そんなバカなことがあり得るのか？

まだ、この鑑定《かんてい》が間違《まちが》いだと言われた方が信じることができる。

「嘘《うそ》ですよね……？」

「実は以前から、私たちはサイラスを疑っていました」

「そんな……」

「第一結界都市の襲撃《しゅうげき》。そして、エリーの殺害。実行できる人間は、かなり結界都市に精通している人間です。その中で、上位のSランク対魔師を疑うのは、当然のことでした。そして、結果はやはり……という感じです」

「……そんな」

動揺《どうよう》を隠《かく》せない。

サイラスさんは、ずっと僕のことを心配してくれた。

Sランク対魔師に誘ってくれたのも、彼だった。

　それから任務を共にして、サイラスさんの強さと人柄《ひとがら》を知っていった。

　僕もいずれは、彼のような立派な対魔師になりたいと……そう願っていたのに。

「ベルさん。サイラスさんとは、付き合いが長いですよね？」

「……うん」

「裏切りの片鱗《へんりん》はあったんですか？」

　ベルさんは悲しそうに首を横に振《ふ》る。

「ううん。私だって、信じられない。サイラスはずっと、人類のために戦ってくれていた。一緒に戦った戦場は数知れない。それでも、結果は出てしまっているの……」

「そう、ですか」

　ベルさんだけではない。

　リアーヌ王女もまた、悲しそうな表情をしている。

「私もサイラスとは付き合いが長いです。彼は私にも、本当によくしてくれました。まるで歳《とし》の離れた兄のように感じていました」

「そんな、そんなことってっ！」

「でも私は、それが全《すべ》て偽物《にせもの》だったとは思えないんです……何か事情があるのかも知れません」

事情。

それがたとえどんなものだとしても、第一結界都市の襲撃を手引きして大量の死者を出し、Sランク対魔師《たいまし》の一人であるエリーさんを殺したことを、肯定などできない。

だってそれは、人類の敗北を意味してしまうから……。

「ユリアさん。実は、また新しい任務があなたたちSランク対魔師には課されるのですが
……それは、Sランク対魔師の半数を使って、七魔征皇を撃退《げきたい》するというものです」

「そんな任務が？」

「はい。そして、その中にはサイラスがいます。ユリアさん、サイラス、ベル、ロイ、エイラ、ギルといったメンバーになっています」

「もしかして……何か仕掛《しか》けてくるかと？」

「可能性は十分にあります」

「……」

思わず黙ってしまう。

休暇《きゅうか》が終わってしまえば、新しい任務につくことになるとは思っていた。

それがまさか、こんな形になるなんて。

「ユリアくん。最悪の時は、任せて欲《ほ》しい」

「最悪の時？」

「サイラスと戦う時は、私が殺すから」

殺す。

ベルさんの瞳《ひとみ》は、すでに覚悟《かくご》の決まっている人間のものだった。

腰《こし》に差している剣《けん》にそっと触れている。

殺気立つベルさんを見て、改めて理解する。

あぁ。

本当にサイラスさんが、裏切り者かも知れないのだと。

「殺すんですか？」

「サイラスは人類最強の対魔師。捕獲《ほかく》で済むとは思えない。殺すつもりでいかないと、逆にこちらが負けてしまう」

「勝算はあるんですか？」

まずは冷静になろう。

僕はとりあえず、話を進めることにした。

「私が本気で一対一で戦えば、三割程度の勝率はある」

「三割……ベルさんでも、そんなに低い勝率なのですか？」

「うん。もしかしたら、今まで見てきたサイラスの実力は真の実力とは違《ちが》うのかも知れない。あくまで、私の知っているサイラスと戦えばの話。本当はもっと低いかも知れない」

ベルさんは自分が死んでしまう確率のこと、あっさりと話す。

まるでその事実は避《さ》けることができないかのように。

「僕が協力すれば？」

「もっと勝利は上がる。正直、この話はまだ広めたくない。他にも協力してほしいけど、現状では私とユリアくんで、仕掛けるしかない」

「……そう、ですか」

誰かが死ぬ。

もう、Sランク対魔師を失うことは避けられないのかも知れない。

裏切り者かも知れないサイラスさんを殺すのか、ベルさんを見殺しにするのか。

どちらの味方をするのかは、はっきりしている。

ベルさんの瞳が揺《ゆ》らぐことはない。

僕らのこの選択《せんたく》が、今後の人類の未来を左右するかも知れないのだ。

「やはり、私は何か事情があるのかも知れないと思うのです」

リアーヌ王女は、一人そう口にする。

「事情……しかし、どんなものであっても」

「分かっています。どんな事情であれ、今までの悲劇を肯定することは決してできません。それは、死者への冒涜《ぼうとく》になってしまいますから」

分かっている。

リアーヌ王女も理解しているけれど、感情ではやはり思うところがあるのだろう。

僕だってそうだ。

サイラスさんの優《やさ》しいところをたくさん知っている。

彼《かれ》がどれだけ、人類に貢献《こうけん》してきたのか知っている。

そう考えている時、僕は今までのサイラスさんとのやりとりを思い出す。

「あ」

「どうかしましたか、ユリアさん」

「いえ……もしかすると、関係ないのですが」

僕はそこから、話をすることにした。

今までのサイラスさんとの会話。

特に、第一結界都市の襲撃を防いで以降は、人類に対する問いかけが多かったような気がする。

もしかして、あの問いの数々は僕のことを試《ため》していたのだろうか。

「ベルはそんな話を、サイラスにされた？」

「いえ……一度もありません」

「無関係では、ないかも知れませんね」

「僕もそう思います。ただ、どうして僕なんかに……」

僕はSランク対魔師としては、まだまだ未熟である。

実績は確かにあるかも知れないけど、まだ経験が浅い。

そんな僕の言葉を、サイラスさんが必要としているとは思えない。

「……もしかしたら、重ねているのかも知れない」

「重ねている？」

ベルさんはコクリと頷《うなず》く。

「思えば、ユリアくんとサイラスは似ている。進んでいる道が」

「あ。確かに、言われてみればそうかもしれないわね……」

リアーヌ王女もまた、ベルさんの言葉に同意を示す。

英雄になるべき存在。

今まではずっと、サイラスさんが人類にとっての英雄だった。

僕は自分のことを英雄なんて思わないけど、今となってはその名称《めいしょう》で呼ばれることもある。

進んできた道だけでいえば、似ているといえば、似ている。

「だからこそ、ユリアくんを試していたのかも」

「でも、どうしてそんな回りくどいことを？」

「分からない。それはやっぱり、本人しか知り得ないわね」

「そう……ですね」

しばしの沈黙《ちんもく》。

どこまでいっても、これはあくまで推測の域を出ない。

「証拠《しょうこ》は確かに出ていますが、これを提示して素直に捕《つか》まってくれるとは思いません。何かの間違いだと思いたいですが……サイラスの戦力を考えると、反抗《はんこう》されたときのリスクがあまりにも大きい」

人類最強と呼ばれているサイラスさん。

ベルさんが本気を出しても、勝率はかなり低い。

それも、現状ベルさんの知っているサイラスさんの話だ。

この人類に対する裏切り行為《こうい》を何年も前から考えていたとすると、僕らが見てきたサイラスさんは全て偽物だったのかもしれない。

「話を整理しましょう」

リアーヌ王女は、凛《りん》とした声を出す。

それによって、僕も気持ちを一度落ちつける。

「まず裏切り者はサイラスの可能性が、高いです」

「……はい」

「そして、次の任務にはサイラスも一緒に参加します。まずは、サイラスが何かを仕掛けてくる場合、どうするのかという対策を考える必要があります」

サイラスさんが仕掛けてくる。

あまり考えたくはないが、あらゆる可能性を考慮《こうりょ》する必要がある。

「仮に戦闘《せんとう》になるのなら、ベルとユリアさんで戦うことが前提となります。ただし、その時にいるSランク対魔師にも、場合によっては加勢してもらえるかもしれませんが」

「リアーヌ様。それは分かっています。ただし、サイラスを殺す役目は私がします」

「……ベル。どうしても、対話はできませんか?」

「試みるつもりです。でも、最悪の可能性も覚悟してください」

「そう、ですよね」

目を落とすリアーヌ王女。

サイラスさんが裏切り者。

そうだとすれば、ベルさんは彼を殺す覚悟はできているという。

ただし、その逆もあり得る。

Sランク対魔師同士の殺し合い。

そんなものは、見たくはない。

本当に、前代未聞《ぜんだいみもん》の事態になろうとしている。

「……あとは、仲間の可能性です」

「仲間ですか」

「はい。入念に調べてみましたが、やはり単独犯の可能性が高いと」

そこで僕もまた、会話に入る。

「そうなってくると、裏切り者はサイラスさん一人ということですか？」

「可能性は高いね。けれど、油断はできない。仲間が多いとは思えないけど、少なくとも内部にばかり注目していいわけじゃないと思う」

「「あ」」

僕とリアーヌ王女の言葉が重なる。

分かってしまった。

そうだ。

裏切り者は内部だけではない。

いや、厳密にいえばそうなのだが、協力者は外にもいるのだ。

七魔征皇。

どうして、相手が僕らの作戦を知っているかのような動きをしていたのか。

そして、どうして僕を狙《ねら》ってきたのか。

色々と今までの出来事を踏《ふ》まえると、やはり七魔征皇と繋《つな》がっている可能性は否定できないだろう。

「七魔征皇。確実に繋がっていると思う」

「ということはやはり、今回の作戦からして……七魔征皇を倒《たお》そうとするのは、表向きでは実は」

リアーヌ王女は少しだけ呼吸を深くする。

「もしかすると、Sランク対魔師たちを一網打尽《いちもうだじん》にするのかもしれません。仮に、今回任務に参加するメンバーがいなくなってしまえば、人類にとっては大損害ですから」

「そんなことが……」

ありり得るのか。

と、いまだに思ってしまう。

しかしすでに証拠は揃《そろ》っている。

現在は、あくまで推測の域を出ないが、こればかりは準備をしておいた方がいいだろう。

「ベル」

「はい。なんでしょうか、リアーヌ様」

リアーヌ王女は立ち上がると、ベルさんに思い切り抱きついた。

「正直、不安です」

「私は……絶対に帰ってきます」

「うん。ベルのことは信じてるわ。誰よりも気高くて、強い対魔師のあなたならきっと」

「リアーヌ様。全ての決着を、ここでつけてきます」

「ええ。期待して待っているわ」

スッとベルさんから離れると、リアーヌ王女は今度は僕の方に向かってくる。

「ユリアさん」

「はい」

「あなたが強いことは知っています。ただくれぐれも、お気をつけください」

「もちろんです」

「その……握手《あくしゅ》をしましょうか」

「はい」

ギュッとリアーヌ王女の小さな手を握《にぎ》る。

彼女《かのじょ》は僕の手を寄せてから、祈《いの》るような動作を見せる。

「どうか。無事でありますように」

話し合いは、ここで終わることになった。

帰路。

僕は一人で、歩みを進めていた。

脳内では先ほどの会話がずっとループしている。

サイラスさん。

あなたは本当に……。

その答えにたどり着く時、僕はどうするのだろうか。

第四章　新たな任務

休暇が終わった。
僕は新しい任務の説明があるということで、朝早く目覚める。
「朝か……」
任務の概要《がいよう》はすでに知っている。
リアーヌ王女とベルさんにすでに教えてもらっているから。
今回は全員に対する説明と、顔合わせである。
「よし。しっかりしないと」
自分の顔を軽く叩《たた》く。
決して僕がサイラスさんのことを裏切り者と思っている、などとバレてはいけない。
その瞬間、全てが終わってしまうかもしれないから。
仮に戦闘になるとしても、黄昏《たそがれ》で戦った方がいい。

戦う……か。
ふと、窓越《まどご》しに空を見上げる。
黄昏に照らされた世界が、今日も存在している。
僕は今まで、黄昏にいる魔物《まもの》と戦うために進んできた。
だが、ついに人と戦う時が来るのかもしれない。
それも人類最強と言われているサイラスさんと。
恩義がある。
尊敬もしている。
こんなことがなければ、サイラスさんのことを疑うこともない。
「ふぅ」
軽くシャワーを浴びる。
意識をしっかりと覚醒《かくせい》させる。
髪《かみ》の毛を乾《かわ》かしてから、僕はSランク対魔師の服装へと着替《きか》える。
今までどんな困難だって乗り越《こ》えてきた。
仲間の死だって、たくさん経験してきた。
どれだけ辛《つら》いことが待っていようとも、なすべきことは一つだ。

僕は絶対に青空のある世界にたどり着いてみせる。

そうして僕は、ミーティングが開かれる軍の会議室へと向かうのだった。


ミーティングは九時開始。

現在の時刻は、八時三十分。

予定よりも早く着いてしまった。

おそらくは、僕の逸《はや》る気持ちがそうさせているのかもしれないけど。

「お。ユリアじゃねぇか。早いな」

「ギルさん。どうも」

会議室に入ると、ギルさんはすでに座《すわ》って待っていた。

「こうして話すのは、久しぶりだなユリア」

「はい。そうですね」

ギルさんとは何度も顔を合わせているけど、部隊が違うことが多かった。

そのため、こうして話すのは久しぶりだった。

「どうだ。調子は？」

「ええ。休暇もありましたので、バッチリですよ」

微《かす》かに笑《え》みを浮《う》かべる。

よし。

大丈夫《だいじょうぶ》。

僕が内心、動揺していることは表には出ていない。

あくまで冷静に。

サイラスさん以外にも、他のSランク対魔師には気取《けど》られてはいけないのだから。

これから先、人類の命運をかけた選択があるかもしれないと、バレてはいけない。

「そういえば、かなり有名人みたいだな」

ニヤッと人の悪そうな笑みを浮かべるギルさん。

「あはは……まぁ、そうですね」

「羨《うらや》ましいぜ」

「いや、その顔は全くそうは思っていなさそうですけど」

明らかに、からかっている感じである。

「お、分かるか？」

「はい。流石《さすが》にわかります」

「ははは！　そうか！　ま、正直なところ同情しているがな。まぁこればかりは順番だ。仕方がねぇ。今まではサイラスが背負ってきたからな」

サイラス、という言葉を聞いて反応しないように努める。

「権力争いは色々とあるが、ユリアはまだ若い。もし何かあれば、俺《おれ》に相談しな？」

「心強いです」

それから、ギルさんは話題を変える。

「で、どうなんだ？」

「？　どうとは」

「うちの娘《むすめ》とは、仲良くやっているだろ」

「あぁ。ソフィアですか。はい。仲良くさせてもらっています」

「ユリアの活躍《かつやく》は俺も認めるところだ。かなり心苦しいが、真剣《しんけん》に考えているのなら俺も真摯《しんし》に対応するだけの気概《きがい》は持っている」

「ん？」

一体なんの話をしているのだろうか。

そう思っていると、会議室の扉《とびら》が開く。

「パパ。お弁当、忘れていったでしょ」

入ってきたのは、なんとソフィアだった。

「おぉ！　すまんすまん！　うっかりな！」

大きな声で笑いながら、ギルさんはソフィアから弁当箱を受け取る。

「ちょうど良かった、ソフィア」

「何、パパ」

「ユリアとの交際だが、真剣なら俺も認めてもいい」

「「はぁ……っ⁉」」

声が重なる。

まさか、ギルさんが先ほどまで言っていたのは、そういう意味だったのか。

以前にも似たようなやりとりがあったが、ギルさんはそこまで考えていたみたいだ。

「パパの馬鹿《ばか》！　勝手に突《つ》っ走らないでよっ！」

「おぉ……もしかして、早とちりだったか？」

「そうよっ！」

なんだかこんなに動揺しているソフィアを見るのは、新鮮《しんせん》だった。

じっとソフィアのことを見ていると、ふと視線が交わる。

気がつけば、ソフィアの顔はかぁあああと赤く染まっていく。

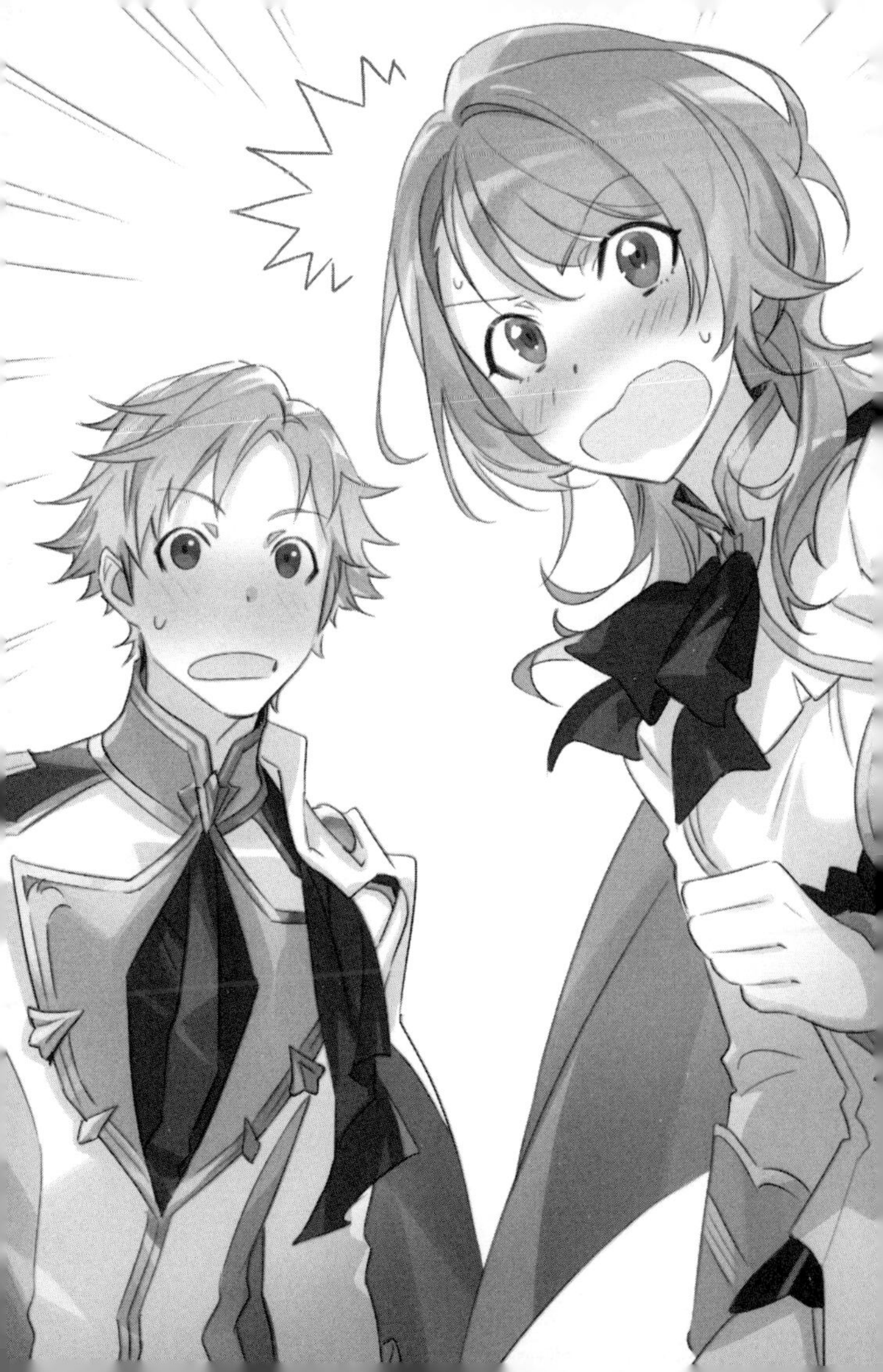

「じゃ、私は行くから！」

「おう」

バタン！　と扉が勢いよく閉まる。

ふぅ。

他の人たちがいなくて本当によかった。

「ははは。怒《おこ》られちまったぜ」

「ギルさん。勘違《かんちが》いはやめてください」

「いやいや。ああ言っているが、ソフィアはいい娘だろう？」

「それは、そうですけど」

否定はしない。

ソフィアは確かに魅力的《みりょくてき》な女性である。

ただし、交際をするとなるとまた事情は変わってくる。

それに今の僕《ぼく》には、そんな余裕《よゆう》もないし……。

「失礼するわ」

次に入ってきたのは、エイラ先輩《せんぱい》だった。

「あら。十五分前なのに、早いわね」

「お。エイラ、遅刻《ちこく》だぞ！」

「このアホじじいは……珍《めずら》しく早いのね」

「あぁ。娘に叩き起こされたからな」

「はぁ……相変わらずね」

エイラ先輩はため息を漏《も》らす。

「ユリアが早いのは、いつものことだけど」

「先輩。おはようございます」

「おはよ」

桃色《ももいろ》のツインテールは、いつも通りバッチリと決まっている。

「あ。先日はありがとうね」

「いえ。僕も運動したかったので」

「お。ユリアも行ってきたのか？」

「あれ。ギルさんも知っているんですか？」

ギルさんはニカッと快活な笑みを浮かべる。

「あぁ。たまに俺も参加しているぜ。今回は、家族との時間を優先したがな。で、今回こそはベルを打てたのか？」

「ユリアがランニングホームランを打ったわ」

「おぉ！　それはすげぇ！　ベルはめちゃくちゃ良いピッチャーだからな。滅多《めった》にホームランなんて打たれないんだぜ？」

「はは。まぁ、運が良かったです」

「次は俺も参加するから、よろしくな？」

「はい。楽しみにしています」

そんな雑談をしている間にも、続々と今回の任務に参加する対魔師が集まってくる。

「よし。全員集まったみたいだね」

最後にやってきたのは、サイラスさんだった。

長い髪を後ろでまとめ、柔和《にゅうわ》な笑みを浮かべている。

ギルさんや先輩との会話で緊張《きんちょう》も解《ほぐ》れたのか、今は自然と向き合うことができている。

ふと、ベルさんと視線が合う。

が、不自然なアイコンタクトはしない。

互《たが》いにことの重要性は理解しているからだ。

メンバーは、僕、サイラスさん、ベルさん、ギルさん、ロイさん、エイラ先輩となっている。

「では、今回の任務を説明しよう。まず目的は七魔征皇《しちませいこう》との接触《せっしょく》。できれば、撃破《げきは》までがベスト。あくまで斥候《せっこう》のような形にはなる。表向きは、新しくできた駐屯《ちゅうとん》基地から、さらに深部の調査。裏では、七魔征皇との戦いまでを想定している」

今回の任務は、極秘《ごくひ》であると伝えられる。

そもそも、七魔征皇の存在を認知《にんち》している者は限られている。

敵にSランク対魔師と同等の存在がいる。

そのことは知る人が少ない方がいいだろう。

いたずらに不安な気持ちを煽《あお》っても仕方がないからだ。

「Sランク対魔師がこれだけ参加する任務。ファーストライト作戦は別として、かなりの重要性があるのは間違いない。上層部も七魔征皇の情報を、かなり欲しがっているからね」

淡々《たんたん》と話を進めていくサイラスさん。

上層部。

サイラスさんは保守派の人間だという。

今となっては、かなり立場が危《あや》うい……というと語弊《ごへい》があるかもしれないが、良いとは言えないとは思う。

といっても、僕が各派閥《はばつ》の内情にそこまで詳《くわ》しくないので、あくまで予想の範疇《はんちゅう》を出ない。

「ユリア君が接敵した七魔征皇が出てくる可能性は低い。が、新しい七魔征皇は存在している。伝承の内容通りならば、あと六人。ただし能力は不明。とりあえず、今回はあくまで調査段階だ。最悪の場合は、戦闘になることを覚悟しておいてほしい」

緊張感が漂《ただよ》っている。

今まで強大な魔物と戦ってきた経験は全員ともにある。

その中でも、七魔征皇は異形とも言うべき存在だ。

人間と同等の知性を持ち、魔法《まほう》の練度もかなり高い。

今までは魔物と戦うだけでよかったが、これからはそんな存在とも戦わなければならない。

それから、ミーティングは進んでいく。

配置に関しての書類を渡《わた》された時、僕は自分の心臓が跳《は》ねる感覚を抑《おさ》えることができなかった。

サイラスさんと僕。

この二人で、最前線をまずは調査することになっている。

他のメンバーと離《はな》れるわけではないが、それでもやはり……何かしらの意味を感じ取ってしまう。

ベルさんも書類を受け取ってから、微かに眉《まゆ》を動かした。

互いに思うところは、あるということだ。

「では、作戦は二日後の早朝から。それまでは、しっかりと準備をしてほしい。では解散だ」

サイラスさんがそう言うと、次々と会議室の外へと出ていく。

僕も動揺を悟《さと》られないように、外に出ようとするが……。

「ユリア君」

サイラスさんの声が、耳に入った。

「はい。何でしょうか？」

このケースは想定していたので、スムーズに反応することができた。

ベルさんも僕らの様子をチラッと見るだけで、すぐに出て行ってしまった。

ここで変なアクションを起こすわけにはいかないからだ。

二人きりになった会議室で、サイラスさんは何を言うつもりなのか……。

「あれから色々とあっただろう。少し、心配だね」

「ご心配ありがとうございます」

まずは、当たり障《さわ》りのない話題だった。

鼓動《こどう》を打つ心臓。

だが、緊張感を決して伝えてはいけない。

僕が何か知っている、と思わせてはいけない。

「ユリア君の気持ちは私も分かるからね。それに、君は最年少だ。まだ若いからこそ、戸《と》惑《まど》う部分が多いだろう」

「はい」

「そう……ですね。戸惑いがないといえば、嘘《うそ》になります」

「もし何かあれば、気軽に相談してほしい。では、私はこれで」

サイラスさんはそう言って、去っていく。

ただ心配しているだけ。

今までと何も変わることはない。

それでも僕は、今の会話の緊張感をしっかりと覚えていた。

会議室から出ていく。

外に出ると、ベルさんが待っていた。

「ユリアくん」

「ベルさん」

「ちょっと、話そうか」

「はい」

　二人で歩みを進める。

「ユリアくんは、どう思う？」

「……僕とユリアくんは、サイラスさんがペアになっている。何か意図はあると思いますが」

「だよね。ただし、別に完全に別行動ってわけじゃない」

「流石に分断するつもりはないんでしょうか？」

「分からない。けど、サポートは絶対にするから。もし何かあれば、知らせて」

「分かりました」

　会話はそこで終わり、僕とベルさんは別々の道へ進んでいく。

　新しい任務。

　これがかなり重要になっているのは、分かっている。

　仮に七魔征皇と出逢《であ》ったならば、また戦うしかない。

　けれど……サイラスさんとも、戦うかもしれない。

　改めて覚悟は決めておこう。

任務当日。

僕らは早朝に集合すると、さっそく黄昏危険区域レベル2に設立された基地へと向かう。

今日と明日は、主に移動と休憩《きゅうけい》。

明後日《あさって》から、深部の調査をすることになっている。

また、現在進んでいる道は、ある程度舗装《ほそう》された道だった。

結界都市内のように、細石《さざれいし》を敷《し》き詰《つ》めて綺麗《きれい》にした道ではないが、それでも前よりは進みやすくなっている。

「ユリア。顔色悪くない?」

「ちょっと寝不足《ねぶそく》で……」

「あ。もしかして、夜更《よふ》かしして本でも読んでた?」

「あはは。先輩にはお見通しみたいですね」

隣《となり》を歩いているエイラ先輩が、そう言ってくる。

僕は嘘をついていた。

寝不足なのは本当だ。

ただしそれは、サイラスさんのことを考えてのものだった。

でもあまり悩《なや》んでいる時間はない。

寝不足の顔のままでは、いけない。

顔を軽く叩いて、意識を切り替《か》える。

「それにしても、綺麗になったものよね」

「ですね。以前は、ずっと荒《あ》れていましたから」

駐屯基地ができたことによって、その周辺も大きく変化することになった。

特に、こうした道がしっかりとできたことは大きい。

今まではどこを進んでいるかはっきりと分からなかったからだ。

「変わるものね」

「変わる……そうですね。大きく変わりました」

駐屯基地に向かう途中《とちゅう》では、作業をしている人たちとすれ違《ちが》う。

こうして地味に作業をしてくれている人たちのおかげで、僕らは任務に集中して取り組むことができる。

「Ｓランク対魔師たちだ……」

「何でも、調査をするらしいぜ？」

「調査？」

「駐屯基地ができただろう？　そのおかげで、さらに深部の調査ができるようになったんだ」

「へぇ」


すれ違うときに、そんな声が聞こえてくる。

表向きの情報は、普通《ふつう》に公開されているようだった。

しばらくして駐屯基地が視界に入る。

以前、僕らが滞在《たいざい》していた時よりもかなり変化している。

外壁《がいへき》はしっかりとあるし、滞在している人の数も多い。

まだまだ工事中のようだが、これからもっと良いものになっていくだろう。

ゆくゆくは、第八結界都市にしようという話もある。

いずれはこうして、新しい結界都市が増えていくのかもしれない。

「へぇ。かなり進んでいるわね」

「はい。驚《おどろ》きです」

その後、基地内には簡素ではあるが、部屋ができたらしい。

まだ完全なものではないが、Sランク対魔師たちは優先して使えるとか。

少し申し訳ない気もするが、こればかりは感謝するしかない。

基地内にはまた、食堂とまではいかないが、食事をするスペースも設けられている。

何でも、結界都市からの移動が楽になったので、こちらの基地にも十分な食料が運ばれているらしい。

普通に生活をするだけなら、結界都市と大差はない。

それが僕の感想だった。

今日の移動は長かったので、そのまま就寝《しゅうしん》。

明日は起きてから、ミーティングをした後に、挨拶《あいさつ》回りがある。

何でも、結界都市内でも有数の貴族たちが視察にやってくるらしい。

その話を聞いて、派閥争いに伴《ともな》う土地の奪《うば》い合い……という意味合いもあるのだろうと、何となく察してしまう。

本当なら、明日からでもすぐに黄昏への調査に行けるのに。

一人、用意された簡素なベッドの上で考える。

「ユリア。起きてる？」

「先輩？」

扉の前から、声がする。

どうやらエイラ先輩がやってきたようだ。

「どうかしたんですか？」

扉を開けると、先輩は小さな声を漏らす。

「ちょっと、心配で」

「心配？」

「ユリア。何だか、おかしいもの」

「……」

バレていた？

ただベルさんには、何も言われてないし、僕としても変なところはないと思っていたが
……。

「とりあえず、入ってください」

「ええ。失礼するわ」

先輩と隣《とな》り合って、ベッドに腰掛《こしか》ける。

「で、何かあったの？」

「別に何もありませんよ」

「嘘。ユリアは滅多に嘘をつかないけど、嘘をつくときは右上を見る癖《くせ》があるのよ」

「え⁉」

と、思わず焦《あせ》った態度を取ってしまう。

「やっぱり。嘘をついているのね」

「嵌《は》めましたね、先輩……」

「ええ。でもそうしないと、認めないでしょう？」

あぁ。

本当に僕は、いい先輩に恵《めぐ》まれた。

しかし、これから起こることを考えると、先輩のことを巻き込《こ》むわけには……。

「言えないの？」

「すみません……ただ」

ベルさんとリアーヌ王女には、一応あの時のアリバイのあるエイラ先輩には話してもいいかもしれない、ということは言われている。

迷い、葛藤《かっとう》する。

ここで伝えてしまえば、先輩をさらなる危険に巻き込んでしまうかもしれない。

自分たちで処理できるのなら、それがベストだ。

ただ、裏切り者の手が先輩に及《およ》んでしまった時のことを考える。

ここで僕は、先輩との日々を思い出していた。

いつも寄り添《そ》ってくれて、自分の力になってくれた先輩。そんなエイラ先輩に、負担をかけたくないのは事実だ。

しかし、ここで話をしないのは……違うと思った。

僕は先輩のことを信頼《しんらい》しているからこそ、伝えるべきだろうと。そう判断した。

エイラ先輩ならきっと、一緒《いっしょ》に戦ってくれるだろうから。

先輩を心から信じているからこそ、僕は口を開いた。

「先輩」

「何?」

「周囲にバレないように、魔法障壁《まほうしょうへき》を張れますか？　あまり外に、音を漏らしたくありません」

「分かったわ」

僕はそれほど、繊細《せんさい》に魔法をコントロールできないので、先輩に魔法を使ってもらった。

それと万が一も考えて、ここから先は筆談にすることにした。

先輩も察してくれたようで、紙にペンを走らせる。
『で、何があったの？　聞かれたくはない話なんでしょう』
『裏切り者の件です』
『裏切り者……まさか、分かったの？』
コクリと頷《うなず》く。
『もしかして、今回の任務のメンバーの中に混ざっているの』
『はい』
『誰《だれ》なの』
『サイラスさんです』
先輩は、明らかに驚いているようだった。
目を大きく開いて、信じられないという顔をしていた。
『証拠《しょうこ》が出たのね？』
『エリーさんの死体に、ごくわずかにサイラスさんの魔素が混ざっていたそうです』
『このことを知っているのは？』
『僕、ベルさん、それにリアーヌ王女だけです』
『そう……私に教えなかったのは、リスクを考えてのことよね？』

『先輩には、伝えてもいいかもしれない、との話だったので。お伝えしました。ただし、任務のことを考えると……』

僕がペンを走らせる前に、先輩が先に言葉を書く。

『作戦の配置。あれって……』

『はい。僕のことを狙《ねら》っているのかもしれません』

『そんなことって……』

ショックを受けている。

それは当然のことだった。

エイラ先輩だって、サイラスさんにはお世話になっている。

先輩は割と、他のSランク対魔師にはラフな接し方をするけど、サイラスさんにだけは別だった。

そこには確かな尊敬があることを、僕は知っている。

『状況《じょうきょう》は理解したわ。ベルにも、それとなく伝えておくわ。まずは、ユリアが孤立《こりつ》しないことが大切ね』

『ええ。協力してくれると、助かります』

『……分かったわ。あまり、派手に動くとまずいから、慎重《しんちょう》にいくわ』

『はい』

筆談はそこで終わった。

そして、先輩が部屋から出ようとする時、くるりと身を翻《ひるがえ》す。

「ユリア」

「何でしょうか？」

一瞬《いっしゅん》のことだった。

先輩が、ギュッと思い切り僕に抱《だ》きついてきたのだ。

「大丈夫。私がいるから」

「……ありがとうございます」

その言葉の意味が、分からない僕ではなかった。

不安な僕のことを、心配してくれているのだろう。

先輩がいなくなった後、僕はすぐに寝《ね》ることにした。

今まではずっと緊張していたけど、先輩のおかげでだいぶ良くなってきた気がする。

この任務で何も起きないのか、それとも何か大きなことが起こるのか。

運命の数日が、ついに幕を開けようとしていた。

◇

「おぉ。これはこれは」

翌日。

僕らSランク対魔師は、視察にきた貴族の護衛と挨拶をするために、一箇所《かしょ》に集められていた。

確かあの顔は、保守派の人だったはず。

サイラスさんと繋《つな》がりがあるのだろう。

貴族の中には、僕と同じくらいの少女もいた。

まさかとは思うが、観光気分じゃないよな……?

「いやー。今回は娘にも、黄昏の世界を見せたくてね」

「はい。安心してください。ここには、優秀《ゆうしゅう》なSランク対魔師たちがおりますので」

いや予感は的中してしまった。

どうやら、特に理由もなく子どもを連れてきているようだった。

「お。君は……」

貴族の男性が、僕の方へと近寄ってくる。

「英雄《えいゆう》、ユリア・カーティスくんだね？」

「お初にお目にかかります」

「ユリアくん。君の活躍は、非常によく耳にしているよ」

「恐縮《きょうしゅく》です」

じろりと視線を向けられる。

まるで値踏《ねぶ》みしているかのような、視線だった。

「どうだね、ウチの娘は？」

隣にいる少女の肩《かた》に手を添える男性。

「美しいと思います」

「おぉ！　では……」

「しかし、今はSランク対魔師としての仕事が多く、あまりそのようなことは考えられません。申し訳ありません」

「ふむ……」

顎《あご》を撫《な》でて、思案する男性。

「まぁ、いいだろう。これからも、人類のために尽力《じんりょく》してくれたまえ」

「はい」

そう言ってから、男性はサイラスさんと共に移動していく。

僕らは各自待機で、貴族たちが帰るまでは周囲の警戒《けいかい》をしておくように言われている。

「何あれ」

「ふぅ～。本当に、貴族ってのはヤベェ奴《やつ》ばっかだな」

エイラ先輩とロイさんが、不満を漏らす。

先輩に至っては、めちゃくちゃ不機嫌《ふきげん》そうだった。

「ユリア。大丈夫？」

「ええ。別に、何かされたわけでもないので」

「全く。本当に、貴族ってのは……」

先輩も同じ貴族だからこそ、思うところがあるのかもしれない。

「てか、本当に暇《ひま》だよなー。あいつらが帰るまで、待機ってのも理解はできるが……完全に観光気分だろ、アレ」

ロイさんがそう言うと、先輩も同意を示す。

「はぁ……黄昏《たそがれ》の危険さを、理解していないのよ」

「だよな」

「娘の方も興味深そうに周りを見ていたし、観光ね」

「どれだけの苦労があったかも、分かっていないだろうが……ま、これればかりは割り切るしかねぇな」

「そうね」

いつも割と喧嘩《けんか》をしている印象だが、珍しく意見があっているようだった。

「……ユリアくん」

「ベルさん」

「あんまり、気にしないほうがいいよ」

「はい。別に大丈夫ですよ」

「そう。それならいいけど」

それから僕らは、各自周囲の警戒に当たる。

特に異変もなく、黄昏結晶《トワイライトクリスタル》のおかげで、魔物《まもの》は全く近寄ってこない。

本当にいずれは、ここを新しい結界都市にするのも夢ではない。

現在、研究班では、黄昏結晶の量産を主に研究しているらしい。

もしそれができれば、劇的に状況は変わっていく。

「えっと。ユリアさん、でしょうか」

「はい。いかが致《いた》しましたか？」

貴族の少女が、僕の方へと歩みを進めてくる。

「やはり、とても凛々《りり》しい方ですね」

「えっと……そうでしょうか？」

「はい！　それに、繊細さも感じられます。あなたの気高さが、感じ取れるようです」

「……」

嬉々《きき》として、彼女《かのじょ》は語る。

まるで熱にでも浮《う》かされているかのように。

「ユリアさん。今度、私主催《しゅさい》のお茶会に参加していただけないでしょうか？」

「……お茶会、ですか？」

「はいっ♪」

にこりと笑《え》みを浮かべる。

お茶会に来て欲《ほ》しい。

文字通り受け取れば、ただ誘《さそ》っているだけ。

ただし彼女は、保守派の貴族の娘《むすめ》。

普通のお茶会だとは、到底《とうてい》思えなかった。

「申し訳ありません。現在、多忙《たぼう》を極《きわ》めておりまして」

「あら。そこまでですか？」

「ええ」

「しかし、仕方がありませんね。新しい英雄とも呼ばれるあなたですから」

「恐縮です」

依然《いぜん》として笑みを浮かべているが、目は笑っていない。

おそらくは、今後も似たようなことがあるのかもしれない。

くるりと身を翻して、彼女は去っていくのだった。


「では、私たちはこれで失礼するよ」

「はい」

貴族の人間たちは、視察を終えたようで大勢の対魔師を引き連れて、帰っていく。

「やっと終わったな」

「長かったわねぇ」

ロイさんとエイラ先輩は隣り合って、帰っていく貴族たちの姿を目にしていた。

「そろそろ日も暮れるし、本当に一日視察していたわね」

「あぁ。貴族様にとって、土地は大事だからな」

「いずれは……」

先輩はそこから先の言葉を、口にすることはなかった。

一体、何を言おうとしていたのだろう。

「あ！」

「え、どうしました先輩」

「なんか、貴族の娘に話しかけられてたでしょ！」

「はい」

「何だったの？」

先輩はどうしてか、不機嫌そうだった。

「お茶会の誘いでした」

「お茶会ぃ？」

「えぇ」

「はぁ……どうせ、ユリアを自慢《じまん》でもしたんでしょうね。あわよくば、保守派に引き込みたいとかも、思ってそう」

「あぁ。やっぱり、そうですか。断っておいて、良かったです」

「ユリアも分かってるじゃない」

「流石《さすが》に、似たようなことが連続しているので」

貴族たちの間では、僕《ぼく》という存在が大きいものになっているのかもしれない。

「でも、ちょっと鼻の下伸《の》ばしてなかった？」

「え……」

じーっと半眼で僕のことを睨《にら》んでくる。

先輩《せんぱい》の視線は、とても鋭《するど》いものだった。

「いや、そんなことは……ないですよ？」

「どうして疑問形なのよ」

「そこまでしっかりと覚えていないので」

「ふん。ならいいけどっ！」

プイッと顔を逸《そ》らすと、先輩はスタスタと歩いてどこかへ行ってしまう。

うーん。

確かに、美人ではあったけど、ちゃんとは覚えていないんだけどなぁ……。

こうして貴族の視察は無事に終わり、これから本格的に任務が始まることになるのだった。

◇

余分なものが多過ぎる。
私はあれから、計画を一人で進めていた。
人類を選別し、新しい世界を作り上げる。
妹のアリサが喜んでくれるような、優《やさ》しい世界を。
その中で、改めて人間の醜《みにく》さを垣間見《かいまみ》ることになった。
軍の上層部、貴族。
権力に囚《とら》われた人間たちは、利権のことしか考えていない。
人類を救おうという気概《きがい》など、到底感じられない。
さらに、軍の中にも腐《くさ》っている人間はいた。

給料が高く、名誉《めいよ》があるという理由だけで対魔師になった人間。
仕事はろくにせず、ただサボってばかりの対魔師。
全員が全員、高尚《こうしょう》な志を持っているわけではない。
そんな醜さに、今更《いまさら》気がついてしまった。
いや……私は、昔から分かっていた。
人間の中には、どうしようもない連中が存在していることに。
幼い頃《ころ》から目にしていた私は、その全《すべ》てを見て見ぬふりをした。
対魔師はすべからく高尚な存在であり、尊敬に値すると。
黄昏に打って出て、人類を守る。
だが実際は、人間によって作られた組織。
全てが健全に機能しているわけではなかった。
「サイラス。今回も、よくやってくれた」
「はい」
貴族を交えたパーティー。
あれから私は、積極的に交流をするようになっていた。
各結界都市で開かれるパーティーなどには、積極的に参加していた。

豪華《ごうか》に並ぶ食材の数々。

それらを、冷たい目で見る。

一般《いっぱん》市民には、一生食べることのできない食材。

現在は昔と違って、十分に食料を確保できるとはいえ、高級食材と呼ばれるものはやはり、貴族など一部の人間にしか流通していない。

そもそも、一般市民は存在すら知り得ないのが現状である。

全員が笑顔《えがお》で、料理に舌鼓《したつづみ》を打っている。

「……」

「どうかしたか、サイラス？」

「いえ。何でもありません」

思わず、今この場を全て破壊《はかい》してやりたい衝動《しょうどう》に駆《か》られてしまう。

抑える。

この激動を抑えるには、笑顔がいい。

笑顔を貼《は》り付けて、やり過ごせばいい。

両親だって、アリサにだってもっとたくさん美味《おい》しいものを食べて欲しかった。

もっと幸せを感じて欲しかった。

だが、もう家族はいない。

目の前に広がっているのは、権力に支配された化け物たち。

おおよそ、同じ人間とは思っていない。

どうして私が、こうして貴族のパーティーに積極的に参加しているのか。

それは見極《みきわ》めているのだ。

来たるべき時に、生かすか殺すかということを。

ある程度見極めた時、私は一人の女性に声をかけられる。

「すみません。サイラス様でしょうか？」

「はい。いかが致しましたか？」

とても美しい女性だった。

ドレスもよく似合っているし、美しいブロンドの髪《かみ》はまるで絹のようにサラサラだ。

私はそんな絶世の美女であっても、心を許しはしない。

外見と内面は決して比例するものではないと、知っているからだ。

「ありがとうございます。人類のために、尽力していただいて」

「いえ。私は当然のことをしているまでですよ」

「それでも、です。貴族ということで、贅沢《ぜいたく》な生活をしているのは少し心苦しい。対魔師の人たちばかりに、重荷を押《お》し付けているようで……」

「……」

初めてだった。

貴族の人間で、そのようなことを言うのは。

分かっている人間もいる。

自覚している、優しい人間だって貴族の中にはいるのだ。

そのことを私は、少しだけ嬉《うれ》しく感じた。

「実は私の家は、貧しい子どもたちのために出資をしているんです。孤児院《こじいん》を開いている教会などに」

「そうなのですか？」

驚いた。

まさか、そこまでしているとは。

「はい。これが私たちにできる、最善だと思いまして。ゆくゆくは、対魔師の方にもサポートしていただきたいと思いまして」

「それは……私で良ければ、力になりましょうか？」

「いいのですかっ！」

飛び跳《は》ねて、手をつかんでくる女性。
本当に嬉しそうな瞳《ひとみ》をしていた。
そうして私たちは、一緒に事業とまではいかないが、お金を出資し始めた。
互《たが》いに会う機会が増えていき、惹《ひ》かれていった。
恋人《こいびと》になる。
そんな時も、いずれやってくるのかもしれない。
だがやはり、世界とは非情だった。
「遅《おそ》いな……」
会う約束をしていたはずだったのに、彼女が来ることはなかった。
今まで遅刻《ちこく》などはなかった。
絶対に、待ち合わせの十分前には来ているはずだった。
その日は数時間ほど待ったが、来ることはなかったので、私は素直《すなお》に帰ることにした。
翌日。
私は、悲しいニュースを目にしてしまう。
「……まさか」
死亡者リスト。

定期的に更新《こうしん》されるそれを偶然《ぐうぜん》目にした時だった。

いや、心の中では思っていたのかもしれない。

もしかしてもう、彼女は……。

「こんなことが、許されていいのか……」

あまりの怒《いか》りに、拳《こぶし》を机に叩《たた》きつける。

死亡者リストに彼女の名前が載《の》っていた。

死因は黄昏での移動時に魔物に襲撃《しゅうげき》されたらしい。

これ自体は、珍《めずら》しいことではない。

対魔師《たいまし》が同伴《どうはん》していようとも、この手の事故は起きてしまう。

が、これは事故ではないと分かっていた。

彼女のしていることは、他の貴族にとって目障《めざわ》りだと以前彼女は悲しそうに言っていた。

どうして特権階級である自分たちが、貧しい人間を助ける必要があるのか。

そんな言葉を、投げかけられたらしい。

それによく見ると、彼女だけではなく、家族も親族も死亡していた。

全てが全く同じ理由で。

おそらくは、別の貴族に嵌《は》められたのだろう。

目障りな人間は、排除《はいじょ》してしまえばいい。

全ては事故で片付いてしまうから。

「……殺すか」

スッと自然に出てきた言葉。

相手の貴族は分かっている。

別に、事故で死ぬことは珍しくはないと。

そう、珍しくはないのだ。


「ひっ」

「……どうして、殺した？」

既《すで》に実行犯と思われる人間たちは、処罰《しょばつ》した。

貴族に金をもらって、わざと馬車を魔物の中に突《つ》っ込ませたと最後に言っていた。

命乞《いのちご》いもされたが、容赦無《ようしゃな》く命を絶った。

何の罪もなく、優しい世界を作ろうとしていた人たちが、容赦無く殺されたのだ。

何の抵抗《ていこう》も許されることなく。

怖《こわ》かっただろう。

痛かっただろう。

彼女の墓標で、私は再び誓《ちか》いを立てた。

この悲しい世界に、終焉《しゅうえん》をもたらすと。

「分かった！　金はいくらでも出す！」

「最後の最後まで、金で動くと思っているのか……」

肥え太った、豚《ぶた》のような貴族。

典型的な必要のない人間だ。

私は容赦無く、ワイヤーで相手の指を切り落とした。

「ぎゃあああッ!!」

汚《きたな》い返り血と、豚のような泣き声が響《ひび》く。

「……なぜ殺した？」

「ひ、ひいいいいいっ」

逃《に》げようとするので、右足も切り落とす。

「ぎゃあああ!!」

もう何も感じなかった。

人間ではない奴を、どうしたって心は動かないからだ。

「答えろ。どうして、殺した？」

「……分かっているだろう⁉　私たち貴族は、特別なのだ！」

「続けろ」

「それなのに、あいつらはクズどもに施《ほどこ》しをしていたっ！　私が素晴《すば》らしい出資先を紹介《しょうかい》したのにっ！　裏切ったのだ！」

「……」

相手は、さらに話を続ける。

「それにあそこの娘ッ！　私に抱かれれば、多額の金を渡《わた》すと言っているのに！　まるで聞く耳を持たん！　許されることでッ――」

もう、話を聞く理由はなかった。

返り血が舞《ま》う。

「……」

全ての後処理を終えると、こいつらの死因は事故死ということにしておいた。

死体も、黄昏の魔物に食わせてやった。

どうして、人は同じ過《あやま》ちを繰《く》り返す。

どうして、人はここまで醜くなれる。

やはり原因は、この結界都市の構造そのものにある。

既存《きそん》の社会に、出来上がってしまった格差。

貴族とそれ以外。

明確に分かれている階級により、対魔師たちの待遇《たいぐう》も異常な程《ほど》よくなっている。

Sランク対魔師など、破格の待遇である。

既に一生分の金が私のもとにはある。

もちろん、そのほとんどは貧しい子どもたちのために使っている。


「あ！　サイラスだ！」

「今日は何？」

「わー！　サイラスだー！」


孤児院に向かう。

そこでは、たくさんの子どもたちが私のもとへとやってくる。

両親を失い、助けてくれる人もない。

そんな彼《かれ》、彼女たちは懸命《けんめい》に何とか生きていた。

「今日はパンを持ってきましたよ」

「やった！」

「パンだ！」

子どもたちは嬉しそうに、出来立てのパンを頬張《ほおば》る。

「あれ。今日、お姉さんはいないの？」

「……ええ」

一瞬、言葉を発することができなかった。

彼女はもういない。

彼女を殺した連中も、もういない。

全て私が終わらせたから。

ただそんなことは、知らなくていい。

「これから、私は忙《いそが》しくなるので、あまり顔を出せません。お姉さんも同様です」

「そうなの？」

子どもたちに伝える。

全員聞き分けがよく、コクリと頷いてくれる。

踵《きびす》を返す。

もっと、もっと不必要なものは切り捨てなければならない。

妹のアリサだけではなく、死んでいった彼女のためにも。

こうして意思は引き継《つ》がれていくのだ。

私の背中には、死んでいった仲間たちの意思が宿っている。

自分のしていることは正義だと信じて、私は進んでいく。

もう、止まることなどできなかった——。

◇

「サイラスさん」

「アウリールか」

駐屯《ちゆうとん》基地の一室。

明日からは、本格的に任務が開始されることになる。

そこで私は、決着をつけるつもりだった。

短いようで、長い因縁《いんねん》。

第一結界都市の襲撃を防がれた時から、それは始まった。

ユリア・カーティス。

黄昏に追放され、二年間放浪《ほうろう》して戻《もど》ってきた異形の存在。

黄昏に適応する人間がいる。

それは、私自身もそうであるし、他のSランク対魔師も同様である。

ただし、彼は比較《ひかく》にならなかった。

二年間も黄昏にいたことによって、体は完全に侵食《しんしょく》されている。

だというのに、彼はその力を完全に制御下《せいぎょか》に置いている。

調べてみたが、追放される前はただの落ちこぼれ。

あのまま行けば、対魔師になることもできなかっただろう。

初めは、興味本位だった。

ちょうど新しいSランク対魔師も補充《ほじゅう》したいところではあったし、彼のことが気になっていた。

使えないのならば、切り捨ててしまえばいい。

私は後に、その自分の判断を呪《のろ》うことになる。

「……まさか、こうなるとは」

崩壊《ほうかい》した第一結界都市。

結界都市の結界は、王城の聖域でコントロールされている。

私は数年かけて侵入《しんにゅう》する目処《めど》を立て、魔物も七魔征皇との取引で用意してもらった。

正直なところ、七魔征皇の存在は私もよく分かっていない。

ある日、黄昏で必要のない人間を処分していると、話しかけられたのだ。

「あなた。面白《おもしろ》いことをしていますね」

柔和《にゅうわ》な笑みを浮かべて立っている、異形の存在。

彼はそれから、私に説明してくれた。

もし、協力が欲しいのなら、言って欲しいと。

私は彼に言った。

お前たちは、人類を滅《ほろ》ぼすことが目的ではないのかと。

すると、彼は笑う。

「……真の目的は言えませんが、完全に滅ぼすことが目的ではありません。もしかすると、あなたの思想と一致《いっち》しているかもしれませんよ」

「……」

完全に信用しているわけではない。

が、利用できるものは全て利用する。

この計画は自分だけでも実行できたが、協力を得ることにした。

もし何かあれば、この相手も切り捨ててしまえばいい。

たとえ七魔征皇と呼ばれる異形の存在であったとしても、私の強さには及《およ》ばないとひと目見て分かったからだ。

そして、協力を仰ぎ、第一結界都市の襲撃を開始。

全て計算して、貴族の人間が数多く死ぬように魔物を手配した。

多少の犠牲《ぎせい》は出てしまうかもしれないが、仕方ない。

しかし、計画は失敗。

ユリア・カーティスによって防がれてしまったのだ。

その後、私の計画に気づきそうだった、エリーを殺した。

正直なところ、Sランク対魔師を手にかけるのはまずいと分かっていたが、そうするしかなかった。

もう後戻《あともど》りはできないところまで、私は来てしまっているのだから。

そんな時、ユリア・カーティスの姿を見た。
彼は笑っていた。
きっと、新しい英雄になるかもしれない。
既に貴族たちや上層部の間では、噂《うわさ》されていた。
彼は過去の私に似ていた。
人間の善性を信じ、汚い部分は見て見ぬふりをして、自分の正義のために進んでいく。
人類を救うという大義を抱《いだ》いて、彼はまっすぐ前を見ていた。
理想しか見えていない彼は、私にとって目障りだった。
計画的にも、心情的にも。
お前の理想で世界が救えるのなら、どうしてアリサは死んだ？
どうして、仲間は死んでいく？
もう、人類は手遅《ておく》れなのだ。
私がこの手で救済しなければならない。
彼だけではない。
他のＳランク対魔師たちも、分かっていない。
今のＳランク対魔師たちは良くも悪くも、理想ばかり見ている。

自分たちが黄昏を打ち破れば、世界は救われると思っている。

内側にある悪を全く見ていない。

思想は分かれている。

対立することは、明確だ。

たとえSランク対魔師であったとしても、容赦《ようしゃ》する気はない。

特に、ユリア・カーティスだけは絶対に。

彼の理想は、私が打ち砕《くだ》いて見せる。

私の正義こそが、絶対なのだから。

「首尾《しゅび》は？」

「準備は十分です」

「そうか」

「それにしても、いいのですか？　共に戦ってきた、お仲間でしょう？」

「仲間？　そんなものは、とうにいない」

私は一人だ。

両親とアリサが死んだあの瞬間《しゅんかん》からずっと、私は一人で戦ってきた。

そこに慈悲《じひ》などない。

今までと同じように、不必要なものは切り捨てていくだけ。

素晴らしい世界は、もうすぐそこまで来ている。

「それで、他の七魔征皇は？」

「私たちも一枚岩ではありません。全員来ることは決してないかと」

「そうか……」

「まぁ、後に合流するメンバーもいます。他のＳランク対魔師に因縁のある七魔征皇もいますから」

「分かった」

アウリールとは長い付き合いだ。

しかし、本音で話し合ったことは一度もない。

互いに都合がいいから、利用しているに過ぎない。

「では、また明日に」

「あぁ」

「ユリア・カーティスの死体は、必ず私にください。それだけは、約束ですよ？」

「もちろん。彼の死後には、興味などない」

「はい。それでは……」

霧《きり》の中に消えていくようにして、アウリールは去っていく。
ついに、全てに決着をつける時がきた。
最大の障害であるSランク対魔師を打倒《だとう》し、結界都市を今度こそ陥落《かんらく》させる。
余分なものを削《そ》ぎ落とし、理想の世界を作り上げるのだ。
アリサ。
私はやっと、ここまできたよ。
「……アリサ」
胸元《むなもと》から、ペンダントを取り出す。
とても拙《つたな》い手作りのペンダントだ。
これは私の誕生日にアリサがくれたものだ。
貰《もら》ったその日から、肌身《はだみ》離《はな》さず持ち歩いている。
真の英雄《えいゆう》になるのは、私だ。
決して理想に溺《おぼ》れている、ただの子どもがなるものではない。
私がこれからの人類史を作っていくのだ。
アリサのための、優しい世界。
もう、彼女はいない。

しかしきっと、アリサが笑ってくれるような世界を実現してみせる。
それこそが、私の使命なのだから。

第五章　最凶との邂逅《かいこう》

僕らは翌日の早朝、さっそく任務を開始した。

今回は、黄昏《たそがれ》危険区域レベル３まで行く予定だ。

可能ならば、レベル４まで行く可能性もある。

現在、人類が把握《はあく》できているのは、黄昏危険区域レベル４まで。

それ以降は、一応地理的には区分されているけど、はっきりと分かってはいない。

僕はおそらく、彷徨《さまよ》っていた時期にそれよりもさらに深部にまで行っているけど、記憶《きおく》は定かではない。

あの時はただひたすらに、生きることに懸命だったから。

全員で歩みを進める。

「……」

チラッとベルさんに視線を向けると、軽く頷《うなず》く。

先輩の方も、同様だった。

サイラスさんが仕掛《しか》けてくるかもしれない。
今回、作戦に参加しているのはSランク対魔師だけという特殊《とくしゅ》な状況《じょうきょう》だ。
もしかしたら、ここで僕らを一網打尽《いちもうだじん》にする気なのかもしれない。
「魔物《まもの》、だね」
サイラスさんが呟《つぶや》く。
目の前には、様々な種類の魔物の群れがいた。
大暴走《スタンピード》とまではいかないが、それなりの数だ。
ただし、現在はSランク対魔師が六人も揃《そろ》っている。
レベル２の魔物程度では、相手にならない。
僕らが魔法《まほう》を使うこともなく、サイラスさんがワイヤーを一振《ひとふ》り。
すると、魔物が一気に細切れになっていく。
「ヒュ〜。流石だな、サイラスは」
ロイさんが感嘆《かんたん》の声を上げる。
サイラスさんのワイヤーの技術は、あまりにも卓越《たくえつ》している。
特注のワイヤーには、魔素を流《なが》し込《こ》んでまるで自分の体の一部のように扱《あつか》っている。
加えて、あの切れ味は魔素も関係している。

よく目を凝《こ》らしてみると、魔素が圧縮されているのが分かる。

圧倒的《あっとうてき》な魔素で固められたワイヤーは、どんな物体でも切り裂《さ》いてしまう。

それこそが、序列一位の実力。

ベルさんが全力を出しても、勝てるかどうか分からないというのも、理解できてしまう。

「ついに、レベル3だね。隊列を乱さないように」

黄昏危険区域レベル3。

レベル2とは違《ちが》って、かなり黄昏の濃度《のうど》が濃《こ》い。

普通《ふつう》の人間が来てしまえば、ひとたまりもない。

黄昏の濃度のこともあるが、レベル3はより強力な魔物がうろついている。僕らSランク対魔師であれば迅速《じんそく》に対応できるが、並の対魔師では難なく殺されてしまうだろう。

また、僕らSランク対魔師は黄昏に対する耐性《たいせい》があるので、濃度の面でも大丈夫《だいじょうぶ》ではあるが……嫌《いや》な感覚を肌《はだ》がしっかりと覚えている。

「ユリアは来たことあるのよね？」

「任務ではありませんが、放浪時代に」

「地形の把握は……」

「すみません。しっかりとは、覚えていなくて」

「いいのよ。ちょっと気になっただけだから」

エイラ先輩《せんぱい》が後方から話しかけてくる。

隊列としては、僕《ぼく》とベルさんが先頭。

その後ろに、エイラ先輩たちが続いている。

僕とベルさんは、Sランク対魔師の中でも近距離《きんきょり》戦闘《せんとう》に特化しているので、このような配置になっている。

ただし、レベル4に行く時は、それぞれがペアになって分かれることになっている。

僕は……サイラスさんと一緒《いっしょ》だ。

完全にバラバラになって行動するわけではないけど、サイラスさんと二人きりになるのは、やはり覚悟《かくご》が必要だった。

まだ、心の中では思ってしまう。

リアーヌ王女の間違《まちが》いであって欲《ほ》しいと。

何かの間違いであって欲しいと思うたびに、疑心に囚われてしまう。

そんなことはないと思っていても、可能性を否定できない。

「うん。少し休憩《きゅうけい》しようか」

サイラスさんがそう言ってから、全員で休憩を取ることに。

食料や飲み物は、駐屯基地から持ってきているので、十分に休むことができる。

「改めて、基地の存在はデケェな」

ギルさんが、そう言うとロイさんが同意を示す。

「あぁ。レベル3でしっかりと休憩を取れるのは、かなりでかいな」

「そうよね。今までは、ここまで来るのが大変だったから」

先輩も同調する。

確かに、結界都市から考えれば、かなりの距離《きょり》になる。

休憩を挟《はさ》んできたとしても、相当の疲労《ひろう》感になるだろう。

改めてファーストライト作戦の功績は、大きいと実感する。

「ベルさん」

「ユリアくん」

みんなと離《はな》れた位置で、ベルさんはじっと遠くを見つめていた。

腰《こし》に差している剣《けん》に軽く触《ふ》れている。

「どうかしたんですか?」

敢《あ》えてサイラスさんの話はしない。

たとえ魔法障壁《まほうしょうへき》を展開したとしても、あまりも距離が近い。

ここから先は、そのことについて話し合うことはないと既に共有している。

ただ気になったのは、ベルさんが懐《なつ》かしそうな目をしていたからだ。

「懐かしいと思って」

「懐かしい？」

「うん。私の師匠《ししょう》は、確かこの近くで死んでしまったから」

ベルさんの師匠。

その話は、軽く聞いているがあまり詳《くわ》しくは知らない。

「確か、Sランク対魔師だったんですよね？」

「うん。サイラスが来るまでは、序列一位だった。間違いなく、人類最強の剣士《けんし》だったよ」

「そう……ですか」

「ごめんね。そんな顔をさせて」

「いえ。そんなことは。僕の方こそ、すみません」

ベルさんにとっての師匠。

師弟《してい》関係はどんなものだったのか知らないが……とても、辛《つら》い思いをしてきたのだけは分かる。

「あの時は、師匠は何かを感じ取って私に逃げろって言ったの」

「何かを感じ取った？」

「うん。急な襲撃だった。大量の魔物が現れて、大混乱。ただ、奥《おく》に妙《みょう》な反応があるのは……私も分かっていた。そして、師匠はそれを追いかけて、死んでしまった」

「そんなことが……」

「真相は師匠しか知らない。軍の方でも、大量の魔物に倒《たお》されたことになっている。でも、師匠が有象無象《うぞうむぞう》の魔物に負けるわけがない」

「もしかして」

僕が思っていることを言おうとすると、ベルさんは小さく頷いた。

「ユリアくんの思っている通りだよ。もしかしたら師匠は、七魔征皇《しちませいこう》に遭ったのかもしれない」

七魔征皇。

存在が確認《かくにん》されたのは、つい最近のこと。

ただし、七魔征皇がいつから存在しているのかということは、別である。

Sランク対魔師は滅多《めった》に黄昏で命を落とさない。

ほとんどが、加齢《かれい》に伴《ともな》う戦闘力《せんとうりょく》の低下で引退していく。

そんな中、序列一位が倒れている事態。

今となっては、確かに相手が七魔征皇ならば納得《なっとく》できてしまう。

「……もし仮に、師匠を倒した相手が生きているのなら、私は復讐《ふくしゅう》を果たす。そう思って、ちょっと浸《ひた》っていたの」

「復讐ですか」

「うん。師匠の無念は、私が晴らすよ」

ベルさんの瞳には、確かな覚悟が宿っていた。

もちろん、目下の問題はサイラスさんのことである。

ただ完全に七魔征皇との因縁が、ないわけではないのかもしれない。

復讐を果たす。

僕ら対魔師は、そんな世界で生きている。

いつもは優《やさ》しい彼女《かのじょ》が見せる、非情な側面。

改めて、ベルさんは序列二位のSランク対魔師なのだと、実感した。

僕もSランク対魔師を長く続けていく中で、そんな経験をすることがあるのかもしれない。

僕がベルさんのもとを離れると、ロイさんもまたじっと黄昏の空を見つめていた。

「おう、ユリア。ベルと何話していたんだ？」

「ベルさんの師匠のことです」

「あぁ。そういえば、この場所は近かったな」

「知っているんですか？」

「ん？　まぁ、俺《おれ》も作戦に参加していたからな。当時はまだ、Sランク対魔師じゃなかったが」

　ロイさんは懐かしんでいるようだった。

「当時、Sランク対魔師序列一位が黄昏で戦死するなんて、ありえないと思っていた。ただ思い返せば、あの戦場は異常だった」

「詳しく聞いてもいいですか？」

「あぁ」

　ロイさんは当時のことを、教えてくれる。

「あの時の作戦も、それなりの規模のものだった。斥候《せっこう》という名目ではあったが、Sランク対魔師序列一位も参加する作戦。対魔師たちの士気も高かった。ただ、レベル3に入ってから、魔物の様子がおかしくてな」

「もしかして、誰《だれ》かに操《あやつ》られていたとか？」

「そうかもしれねぇな。当時は、そんなことは夢にも思っていなかったが、今となってはありうる話かもしれない」

「ということは」

「あぁ。七魔征皇があの戦いに絡《から》んでいたのかもしれない」

「……なるほど」

どうやら、ベルさんもロイさんも気がついているようだった。

七魔征皇。

やはり、絡んでくるのか……。

「思えば、あの時のベルは見ていられなかったな」

「そんなにですか？」

「いつもは無感情で、冷静沈着《ちんちゃく》。当時から剣士としての凄《すさ》まじさはあったが、あればかりは堪《こた》えたみたいだった」

「でも、大切な人を失えば、誰でもそうですよね……」

「違いねぇな」

ベルさんだけではない。

きっと、ロイさんだって死別を経験している。

大切な人を亡《な》くしている経験は、Ｓランク対魔師《たいまし》になれば誰にだってあるのかもしれない。

「ユリアは強いな」

「いえ。まだまだですよ」

「いや、お前はやっぱり、心の強さが違う」

ロイさんはからかっているわけではなく、真剣《しんけん》な眼差《まなざ》しで僕のことを見つめてくる。

「その年齢《ねんれい》でSランク対魔師。いろいろな重圧があるだろう。それに、今まで急な出来事が多すぎた。その中で、こうして任務に臨《のぞ》めているのは素直《すなお》に称賛《しょうさん》すべきことだぜ？」

「恐縮《きょうしゅく》です」

素直に褒《ほ》められるので、少し気恥《きは》ずかしい。

「でも、まだまだ迷ってばかりですけどね」

「それでいい。俺だって、そうだ。いつも迷いながらも進んでいる。ただな、俺たちの思いは一つだ。いつかきっと、この黄昏を打ち破る。そうだろ？」

ニヤッと笑《え》みを浮《う》かべる。

ロイさんだって思っている。

僕たちの代で、長きに渡る黄昏との因縁に決着をつけるのだと。

「はい。それだけは、変わりません」

「おう。今回の任務も、期待してるぜ?」

「はい」

軽く手を振《ふ》って、ロイさんはみんなのところに合流していく。

こんな話をしつつも、僕の心にはやはり……サイラスさんのことが浮かんでしまう。

ロイさんが仮に、裏切り者のことを知ったらどうするのだろうか。

いや、ロイさんだけではない。

ギルさんも、他のSランク対魔師たちも、真実を知った時、向き合うことができるのだろうか。


休憩を終えて、僕らは再び歩き始めた。

進めば進むほど、黄昏は濃くなっていく。

今までは任務や作戦などでレベル3までは来ていなかったので、慣れるまではもう少し時間がかかる気がした。

その一方で、魔素が充実《じゅうじつ》していく感覚を覚える。

やはり、黄昏と魔法は密接に関係しているのかもしれない。

思えば僕は黄昏に二年間いることで、急成長を遂《と》げた。
それに七魔征皇が言っていた、適応者という言葉が気になる。
もしかすれば、黄昏に適応した人間は魔法力がかなり上がるのかもしれない。
「さて、そろそろレベル3も深部になってきたが……」
サイラスさんがボソリと呟く。
既《すで》に、レベル3もかなり奥深《おくふか》くまでやって来ていた。
全員ともにSランク対魔師ということで、黄昏に侵食されることはない。
厳密にいえば、侵食されているのだろうが、十分に戦うことはできる。
森の中へと入っていく。
森は魔物の住処《すみか》になっていることが多く、接敵することが予想される。
サイラスさんは全員に戦う準備をするように促《うなが》す。
「全員、戦闘《せんとう》準備を」
全員ともに、静かに戦う準備をする。
ひりつくような雰囲気《ふんいき》。
流石《さすが》は、全員ともにSランク対魔師。
六人も揃うと、圧倒的な魔素が周りに充満《じゅうまん》していく。

「やはり、出てきたようだね」

現れたのは、スネークの群れだった。

数はかなり多く、一見しただけでも優に百は超《こ》えていることが分かる。

「では、戦闘開始だ」

サイラスさんの声と同時に、全員が突撃《とつげき》していく。

最前線は僕とベルさんで、次々とスネークたちを切り裂いていく。

ただやはり、レベル3の魔物ということで、動きが全く違う。

今までの魔物とは異なり、かなり機敏《きびん》な動きをしている。

それに、歯からは有毒な液体がダラダラと垂れている。

皮膚《ひふ》に触れてしまえば、ひとたまりもないだろう。

既に液体の触れた木々などは、完全に融解《ゆうかい》してしまっていた。

「ユリアくん！」

「はい！」

二人で連携《れんけい》しながら、さらに深部へと進んでいく。

これだけの群れ。

おそらくは、ボスのような存在がいるはずだ。

僕とベルさんは、今までの経験からかなり連携の質が高まっている。

互《たが》いに近接戦闘を得意としているので、動きは完全に把握している。

ベルさんほどの剣士になれば、隙《すき》などありはしないが、死角はどうしても存在してしまう。

僕だってそうだ。

互いにカバーしながら、次々と敵を屠《ほふ》っていく。

どうやら、森の中の魔物たちは血の匂《にお》いに釣《つ》られたのか、続々と数が増えていく。

後方ではサイラスさんたちが相手をしているが、あまりにも数が多く、少しだけ距離が空いてしまっている。

「数が多いね」

「はい」

「それにしても」

「……指揮官のような存在はいないのでしょうか」

「どうだろう。いるとは思うけど」

倒しても倒しても、現れる魔物たち。

奥に行けば行くほど、数は増えていく。

まだ奥にいるのか。

それとも。

そう考えていると、僕らはありえないものを目撃《もくげき》するのだった。

「え!?」

「これは……」

倒したはずのスネークたちが、動き始めたのだ。

死んでいるはずだというのに、肉片《にくへん》が集まって再び動き始める。

「もしかして、不死？」

「アンデッドとしての特性を獲得《かくとく》しているのかもしれない」

アンデッド。

その存在は、一応確認されている。

今までは黄昏危険区域レベル3以上で確認されていたが、今考えると七魔征皇が操作している可能性もゼロではない。

魔物を使役《しえき》することができるのは、第一結界都市の襲撃《しゅうげき》で分かっているから。

また、アンデッドは通常の方法では殺すことはできない。体がバラバラになっても、すぐにもとに戻ってしまう。心臓を貫《つらぬ》いたとしても、活動を止めることはない。

必要なのは、高位の光属性の魔法。

それか、圧倒的な殲滅《せんめつ》力。

塵《ちり》ですら残さない攻撃《こうげき》であれば、殲滅も可能だが……。

チラッと後ろを見る。

どうやら、サイラスさんたちも気がついているようだった。

僕はこのスネークたちを殺す手段は持っている。

以前の戦いで使用した、黄昏大剣《トワイライトバスタード》を使用すれば、一掃《いっそう》できるだろう。

ただし、あまり自分の能力を見せたくはない。

この後のことを考えると、自分の能力は披露《ひろう》しない方がいいと思うからだ。

「アンデッド。面倒《めんどう》な特性ね」

「エイラ。君なら、適任だろう？」

「どうしようかしら。サイラス、どっちで処理する？」

「完全に殺すなら、氷よりも光属性がいいだろう」

「分かった。全員、私よりも後ろに下がって」

先輩の凛《りん》とした声が、響《ひび》く。

エイラ先輩の指示に従って、全員が下がっていく。

その間に先輩は魔道具に力を込めていく。

先輩の本領は、氷属性の魔法。

ただし、彼女ほどの対魔師になれば、他の属性の魔法も高水準で使用することができる。

現在いるSランク対魔師の中では、エイラ先輩が一番適任だろう。


「――聖なる神槍《ホーリーランス》」


天に輝《かがや》く、数々の槍。

それは真っ白な光を帯びていた。

瞬間。

槍は一気に地面に突《つ》き刺《さ》さっていくと、魔法陣《まほうじん》を展開。

スネークたちを完全に包囲して、浄化《じょうか》領域が形成された。

「逝《い》きなさい」

一振り。

先輩が魔道具をスッと横に振ると、パッと真っ白な粒子《りゅうし》が宙に舞《ま》う。

アンデッドの特性を持ったスネークたちは、全《すべ》てが光の粒子へと変換《へんかん》されていった。

これが先輩の魔法。

今まではっきりと、エイラ先輩の魔法を見たわけではなかったので、驚《おどろ》きだった。

圧巻。

伊達《だて》に、Sランク対魔師ではないということだ。

「エイラ。流石だな」

ギルさんが、ポンとエイラ先輩の肩《かた》に手を置く。

「ふん。ま、今回は私が適任だったみたいだしね。当然よ」

「もうちょっと、素直になれよ。損するぜ？」

「別に。ギルも、もう少し役に立ちなさいよ。大剣を振り回すことしか、能がないんだから」

「あはは！　確かにそうだな！」

ギルさんは背中に大きな大剣を担《かつ》いでいる。

ギルさんの戦う姿も、あまり見てこなかったが、豪快《ごうかい》というべき戦闘の仕方だった。

大剣を振る速度は、並の剣士よりも遥《はる》かに上。

あの圧倒的な質量を叩《たた》きつけるような戦闘は、ギルさんらしいと思った。

巨躯《きょく》を生かした、ギルさんの真骨頂である。

「エイラ。助かるよ」

「サイラスでも良かったんじゃない？」

「私でも殲滅は可能だったが、流石にエイラの方が効率がいい」

「そ。じゃあ、行きましょうか」

先輩はもう知っている。

裏切り者が、サイラスさんかもしれないということを。

だというのに、全く態度を変えることはない。

完全にいつも通りの先輩、という感じだった。

僕らはそれから、森の中を進んでいくが、再び違和感《いわかん》のようなものに気がつく。

「なぁ、森にしては広くねぇか？」

「ロイの言うとおり、確かに妙だ」

ロイさんの言葉に、サイラスさんが同調する。

かれこれ、一時間くらい進んだだろうか。

途中《とちゅう》で現れる魔物を処理しながらにはなるが、そろそろ森を抜《ぬ》けても良さそうだった。

だというのに、一向に景色が変わる気配はない。

むしろさらに森は続いているようだった。

広大な森、といえばそれまでだが、妙な魔素が漂《ただよ》っているような気もする。

「ねぇ、魔素の流れ。おかしくない？」

「……私もそう思う」

エイラ先輩とベルさんが、そう言葉にする。

「女の方が、魔素に対しては敏感《びんかん》だからな。二人がそう言うのなら、そうなのかもな」

ロイさんの言うとおり、魔法の適性は一般的《いっぱんてき》に女性の方が高いとされている。

戦闘力と比例するわけではないが、ある程度の指針にはなる。

僕は二人の指摘《してき》によって、黄昏眼《トワイライトサイト》を展開。

周囲に漂っている魔素を可視化する。

「ユリア。何か見える？」

先輩が尋《たず》ねてくる。

「……魔素の流れ、確かにおかしいですね」

通常、魔素は戦闘などがなければ、風のように穏《おだ》やかに流れている。

ただし、ここにある魔素はまるで意図的に滞留《たいりゅう》しているようだった。

まるで渦巻《うずまき》のように。

「渦を巻いているように、滞留していますね。おそらくこれのせいで、方向感覚が狂《くる》わされていたのかも」

「ふむ……意図的な攻撃かもしれない。知性のある魔物の仕業《しわざ》と見ていいだろう」

サイラスさんの言葉に、全員が反応する。

知性のある魔物。

今までは、上位の魔物と思われていたが、今は違う。

もしかすると、七魔征皇がここで仕掛けてきた？

「もしかして、七魔征皇か？」

「ロイ。あまり逸《はや》るなよ」

「分かってる、ギル。ただ、あれが相手となるとこっちも本気を出す必要があるからな」

「それはそうだが、冷静になれ」

「あぁ」

気が昂《たかぶ》っているのは、ロイさんだけではない。

「……」

隣《となり》に立っているベルさんも、静かに闘志《とうし》を燃やしていた。

魔素を吐《は》き散らすのではなく、まるでコートのように自分の周りに集めていく。
幾重《いくえ》にも重なった魔素は圧倒的な質量だった。
僕も同様に戦闘態勢を維持《いじ》する。
その中で、大きな動きが視界に入った。
「皆《みな》さん。おそらく、敵です」
瞬間《しゅんかん》。
ズウゥゥン、と地響《じひび》きが鳴る。
音からして、かなりの巨体《きょたい》。
七魔征皇ではなさそうだが、強敵であるのは間違いなさそうだった。
「あれは……ドラゴンゾンビ？」
ベルさんがそう口にする。
ドラゴン。
その存在がいることは、僕も知っている。
黄昏を放浪《ほうろう》しているときには、幾度《いくど》となく目にしてきた。
魔物の中でも最上位の存在。
危険度は最高のSランク。

ただし、ただのドラゴンではない。

皮膚や鱗《うろこ》は、骨に張り付いている。

爛《ただ》れたような見た目に、剥《む》き出しの骨。両目の暗い眼窩《がんか》には、怪《あや》しい赤い光が灯《とも》っている。外見からして、完全に異様な姿だった。

ドラゴンゾンビ。

ドラゴンの成れの果て。

おそらく、アンデッド特性を与《あた》えていたのは、こいつだろう。

「一匹《ぴき》……いや」

サイラスさんも気がついたようだ。

ドラゴンゾンビは一体ではなかった。

次々と、後ろから巨体が現れる。

その数はなんと十体。

これほどの魔物が、十体も揃うなんて考えられなかった。

「おいおい。俺たちは夢でも見てるのか？」

ロイさんの言葉の通りだった。

一匹でさえ、珍《めずら》しい魔物。

それが十匹も揃うなんて、夢としか思えない。

不幸中の幸いは、僕らSランク対魔師が揃っているということ。

ただし、たとえ僕らであったとしても、すぐに討伐《とうばつ》することはできなさそうだ。

「私、ベル、ロイ、ギルは各個撃破《げきは》。エイラとユリアくんは、ペアで戦う。それでは、行動開始！」

サイラスさんはすぐに指示を送った。

不可思議な状況ではあるが、戦うしかない。

「ユリア！　行くわよ！」

「はい！」

先輩とペアで戦うことになった僕は、戦闘に進んでいく。

どうやら、ドラゴンゾンビたちは散っていったSランク対魔師たちに、それぞれついていっている。

サイラスさんとベルさんには、複数の個体がついていってるが、大丈夫だろう。

僕らの前には、二体のドラゴンゾンビが迫《せま》ってきていた。

一見すれば、ゆっくりと走っているように思えるが、あまりの巨体なのでそう見えるだけ。

速度はおそらく、かなりのものである。

「先輩！　どうしますか？」

「光属性の魔法を、ぶつけていくしかないけど……発動には時間がかかるわ。ユリア、時間を稼《かせ》げる？」

「はい。もちろんです」

「じゃあ、お願いね」

「分かりました」

頷《うなず》く。

僕はとりあえず、二体のドラゴンゾンビに立ち向かう。

「魔法か……」

展開される魔法陣。

ドラゴンゾンビはどうやら、魔法が使えるようだった。

魔法陣から放たれるのは、巨大《きょだい》な火球。

僕の後を追尾《ついび》するように追ってくるそれを、なんとか避《よ》けていく。

黄昏眼をほぼ最大出力で展開。

魔素の流れだけではなく、敵の行動も見逃《みのが》さないようにする。

両手には、黄昏刀剣《トワイライトブレード》を展開して、ドラゴンゾンビの骨を切り裂こうとするが……。

「流石に、厳しいか」

直接攻撃を当てたいが、二体いるとなると話は変わってくる。

知性があるのは間違いないようで、相手も僕らのように互いにカバーしながら戦闘をしている。

「ユリア！　下がって！」

先輩の声が大きく響く。

僕はすぐにバックステップを取ると、次の瞬間には光の柱がドラゴンゾンビの真下に出現。

天に昇《のぼ》るようにして、浄化の光が二匹を包《つつ》み込《こ》んでいく。

「……相殺《そうさい》した？」

ボソリと声を漏《も》らす。

完全に直撃《ちょくげき》したと思った攻撃。

しかし、二匹ともに無事だった。

光の柱はすぐに、真っ黒な光へと飲《の》み込まれていってしまう。

僕と先輩は、すぐに合流して次の作戦を考える。

「闇《やみ》属性の魔法《まほう》ね。それも、かなり高度の」

「どうします？　一匹なら、完全に殲滅できますけど」

「……でも、もう一匹いるでしょう？　仕留めるなら、同時がいいわ」

「それなら」

「ええ。私が、最大火力の魔法をぶつける。ユリア。少し長くなるけど、耐《た》えられる？」

「はい。先輩を信じます」

「任せなさい」

先輩の真剣な瞳《ひとみ》を見つめる。

それから僕らはすぐに分かれて、戦闘を再び開始する。

僕はドラゴンゾンビの気を引きつければいい。

相手の魔法のパターンにも慣れてきたし、おそらくは問題ないだろう。

黄昏刀剣を駆使《くし》して、相手と戦闘を続けていく。

一瞬《いっしゅん》でも気を抜けば、死んでしまうのは間違いない。

それほどまでに、相手は強いが……。

僕《ぼく》には経験がある。

これまでに幾度となく、死を乗り越《こ》えてきたという経験が。

「「ギィイイイイイィィアアアア!!」」

咆哮《ほうこう》。

二匹のドラゴンゾンビが、地響きを起こすような咆哮を上げる。

瞬間。

相手の意識は僕ではなく、先輩《せんぱい》へと向く。

まずい。

先輩は、魔法を構築している最中だった。

このままいけば、先輩に攻撃が直撃してしまう。

ただ今の僕には、あれがある。

「先輩、信じてください！」

「……ええ！」

先輩は僕の言葉を信じてくれたのか、防御《ぼうぎょ》するそぶりを全く見せない。

迫りくる二匹のドラゴンゾンビ。

巨大な口を開けて、先輩を飲み込もうとするが。

「――黄昏盾《トワイライトシールド》」

先輩の目の前に、黄昏盾を展開。

ガキンッ！　と大きな音を立て、ドラゴンゾンビは後方へと弾《はじ》き飛ばされる。

「ユリア。ありがとう。ここからは、任せてちょうだい」

先輩が杖《つえ》を振るう。

スッと横に振ると、ドラゴンゾンビの目の前に小さな光の弾《たま》が出現。

「幾千の聖なる光《サウザンド・ホーリーレイ》」

弾《はじ》ける。

小さな弾が今までの比ではないくらいの、光を発する。

眩《まぶ》しいほどの光は、全く目の前が見えないほどだった。

「「ギィイイイイイイィィアアアア!!」」

威嚇《いかく》ではなく、悶絶《もんぜつ》の声。

ドラゴンゾンビは、先輩の魔法を受けてもなお、まだ生きているようだった。

「ユリア！」

「任せてください！」

悶《もだ》えている二匹のドラゴンゾンビ。

その二匹に向かって、僕は攻撃を開始する。

上空に飛翔《ひしょう》すると、黄昏大剣を展開。

以前の七魔征皇との戦いで、初めて使った能力。あの時は、ただ無我夢中《むがむちゅう》で圧倒的《あっとうてき》な力で押《お》すだけだった。

その本質に変わりはないが、僕は黄昏大剣を二本展開。二刀流となった黄昏大剣を構える。

二体の相手がいるのならば、こちらも手数を増やすだけだ。

飛び上がったことで生まれた、落下する重力を利用し、巨大な二本の大剣を思い切り振るった。

二つの黄昏の軌跡《きせき》が、縦に走る。

僕は容赦《ようしゃ》なく、ドラゴンゾンビの体を真っ二つに引き裂《さ》いた。

「「ギィイイィィアアア‼　アァ……！　ア……ァア……」」

耳が痛くなるほどの咆哮だったが、勢いは弱くなっていき、最後には何も発しなくなった。

「終わったわね」

「はい」

先輩と二人で、近寄っていく。

徐々《じょじょ》に崩壊《ほうかい》していく体。

先輩の光属性の魔法によって、不死の特性はなくなった。

あとは圧倒的な物理攻撃によって、相手を殲滅した。

互いに大技《おおわざ》を使ったあとではあるが、僕らは十分な余力を残していた。

「ユリア。前よりも強くなっているんじゃない？」

「自分でははっきりと分かりませんが、馴染《なじ》んでいる感じです」

「馴染んでいる？」

「黄昏の濃度《のうど》が濃《こ》くなればなるほど、魔法が上手《うま》く使える気がするんです」

「なるほど……ね」

そう話している間にも、ドラゴンゾンビは完全に消滅《しょうめつ》。

跡形《あとかた》もなく消え去ってしまった。

「じゃあ、みんなのところに行きましょうか」

「はい」

「まぁ、もう終わっていると思うけど、一応加勢できるように準備はしておいて」

「分かりました」

僕と先輩は、並んで来た道を戻《もど》っていくのだった。

◇

ベルティーナ・ライト。

彼女《かのじょ》はたった一人で、森の中を駆《か》け抜けていた。

「……三匹か」

視線を送る。

彼女についてきたドラゴンゾンビの数は、三匹。

もう少しついてきて欲《ほ》しかったところだが、仕方がないと彼女は考える。

ドラゴンとの戦闘経験は、ある程度は積んでいるベル。

ただし、今回はその中でもドラゴンゾンビ。

不死の特性を持つドラゴンだ。

ベルは魔法は使えるが、その全ては剣技のために使用される。

そのため、エイラのように光属性の魔法で相手を殲滅するような力はない。

ただ純粋《じゅんすい》に相手を屠る。

それがベルにできる全てだった。

「「「ギィイイイイイィィアアアア!!」」」

咆哮が重なる。

威嚇しているようで、ベルに向かって突撃してくる三匹のドラゴンゾンビ。

ベルは深呼吸をする。

「スゥ――ハァ――」

腰《こし》に差している刀は、二本。

その一本は、師匠《ししょう》から受け継《つ》いだ魔剣《まけん》である。

ただし、ドラゴンゾンビは強敵とはいえ、魔剣を使うほどの相手ではないとベルは判断していた。

「フッ」

一閃《いっせん》。

迫りくる巨体を躱《かわ》しながら、刀を振るう。
ベルの持っている刀は特注品であり、業物《わざもの》だ。
そんな刀であっても、完全にドラゴンゾンビの体を切断するには至らなかった。
「……感覚は掴《つか》んだ」
トントンと地面の感触《かんしょく》を確かめる。
全ての条件は整った。
あとは敵を蹂躙《じゅうりん》するだけだと、ベルは考える。
ドラゴンゾンビたちは知性のある魔物《まもの》である。
今の一瞬の交錯《こうさく》で理解してしまった。
ベルの間合いに入るのは、かなり危険であると。
完全に切断されなかったとはいえ、攻撃は受けてしまった。
ゆくゆくは、あの刀は自分たちを切断するかもしれない。
不死であるとはいえ、攻撃を完全に防御できるわけではない。
そんな慎重《しんちょう》さが故《ゆえ》に、ドラゴンゾンビたちは距離《きょり》をとって、魔法による攻撃を開始。
絨毯爆撃《じゅうたんばくげき》に等しい攻撃が、ベルに向かって降り注ぐ。
焼け落ちる木々に抉《えぐ》れる地面。

土煙《つちけむり》が舞い、ベルの姿は完全に見えなくなってしまう。

「……この程度？」

振り返る、一匹のドラゴンゾンビ。

瞬間。

そのドラゴンゾンビの首は、完全に落とされた。

これで死ぬことはないとはいえ、三匹にとっては大きなダメージだった。

残りの二匹は、ベルに向かって魔法を放ち続ける。

が、あまりにも標的が小さい上に、視認《しにん》することができない。

ベルのあまりの速度についていけないのだ。

「あと一匹」

もう一匹の首を落として、残りは目の前にいるドラゴンゾンビだけ。

しかし、首を落としたとはいえ、二匹もまだ生きている。

相手はベルの危険度を理解したのか、最大限の魔法を叩きつける。

天から降り注ぐ、巨大な火球。

自分達《たち》もろとも、攻撃するという手段に出た。

ドラゴンゾンビはこの攻撃を受けて、自壊《じかい》するが再生することはできる。

まさに、決死の覚悟《かくご》をしての攻撃だった。
ベルは上空を見上げる。
「この程度なら」
納刀。
そして、ベルは魔剣にそっと手を添《そ》える。
火球が眼前に迫ってくると同時に、ベルは魔剣を使用して、秘剣《ひけん》を発動した。

「――第一秘剣、瞬雷《しゅんらい》」

抜剣。
その速度は名前の通り、雷《かみなり》と同等の速度だった。
上空に向かって放たれた剣撃は、その火球を一瞬で切り裂いた。
ベルの左右に落ちていく、巨大な炎《ほのお》。
ドラゴンゾンビはそれをまともに受けてしまうことになる。

苦痛の声を漏らす。
ベルは、魔剣を持ってゆっくりと近づいていく。
「これで、終わり」
魔剣を振《ふ》るう。
目にも止まらぬ速さで振るった魔剣の後には、塵しか残らなかった。
三匹のドラゴンゾンビたちは、文字通り完全に粉微《こなみ》塵《じん》にまで切り刻まれたのだ。
Sランク対魔師《たいまし》序列二位。
近接戦闘《せんとう》に限れば、人類最強とも言われているベル。
その真価を彼女は十分に発揮した。
「ふぅ」
剣を収める。
無事に戦闘は終了《しゅうりょう》。
他のみんなは大丈夫《だいじょうぶ》かと思って、彼女は歩みを進める。
その最中に、ベルは考えていた。
サイラスが、どこで仕掛《しか》けてくるのかということを。
いやもしかして、これがそうなのかもしれない。

思案する。

すでに覚悟はできていた。

裏切り者に対しては容赦することはないと。

たとえそれが、長年一緒《いっしょ》に戦ってきた仲間であったとしても。

「ベル。早いね」

「サイラス……」

サイラスはにこりと微笑《ほほえ》みを浮《う》かべる。

ちょうど彼《かれ》も戦闘が終わったようで、ドラゴンゾンビの死体が積み上がっていた。

と思いきや、彼のワイヤーによって全てが塵に還《かえ》っていく。

危険度Sランクの魔物だとしても、人類最強に届き得ることは万が一もない。

「まだみんなは、戦闘中みたいだ」

「……加勢する?」

「いや、いいだろう」

「本当にいいの?」

「あぁ。あの程度の雑魚《ざこ》、倒《たお》してくれないとこの先困るからね」

依然《いぜん》として笑《え》みを浮かべている。

おおよそ、ベルは相手の強さをひと目見ただけで理解できる。
それは強者だからこそ。
その中でもベルにとって推《お》し量《はか》れない人間が二人いる。
それは、ユリアとサイラス。
ユリアはどちらかといえば、底は見えるのだが、あまりにも成長が早い。
そのため今後どのような強さになっていくのか、想像がつかない。
一方で、サイラスは底が見えない。
全ての戦闘において、本気を出したのを見たことがない。
常に余裕《よゆう》。
常に冷静。
サイラスはもしかして、わざとそうしてきたのかもしれないとベルは思い始めていた。
全ては、人類に敵対するために。
「お。そろそろ、戻ってくるようだね」
「……うん」
気配で分かった。
全員ともに戦闘を終えて、戻ってきていることが。

「ベルはどう思う？」

「……何の話？」

「今のSランク対魔師たちだ」

「おそらくは、過去最強のメンバー」

ベルは淡々《たんたん》と事実を述べる。

彼女の言う通り、今揃《そろ》っているSランク対魔師たちは、歴史の中でも最強と思っている。

「あぁ。私もそう思うよ」

「だからこそ、ファーストライト作戦も成功できた」

「そうだ。人類の未来は明るい」

少しだけ嬉《うれ》しそうな声色《こわいろ》を出すサイラス。

ベルはそんな彼の声を聞いて、少し……ほんの少しだけ気が緩《ゆる》んでしまった。

「──ッ⁉」

咄嗟《とっさ》に、ベルは首を後ろに逸《そ》らす。

後数センチ。

ほんの少し、反応が遅《おく》れていればベルの首は地面に落ちていただろう。

仮にサイラスが裏切り者かもしれない、という情報がなければ、ベルはここで即死《そくし》していた。

「ふぅ。どうやら、警戒《けいかい》していたようだね」

声の質は変わらない。

まるで、先ほどと同じ感覚で話しかけてくるサイラス。

ベルはすぐに距離を取る。

首からはわずかに血が滴《したた》っていた。

「……サイラス。やっぱり、あなたが」

「あぁ。確証はなかったが、知っていたようだね。あとは、ユリアくんとエイラかな。知っているのは。個人的には、ベルには早急《さっきゅう》に退場して欲しかったが……仕方がないね」

「どうして、どうしてなの？」

サイラスの言っていることは、もはや白状しているのと同義だった。

ベルは尋ねずにはいられなかった。

どうして、こんなことをするのかと。

「さて、それは……ちょうど全員戻ってきたようだ。そこで話そうか」

ロイ、ギル、それにユリアとエイラもちょうど戻ってきたところだった。

状況《じょうきょう》はさらに加速していく。

◇

「ベルさん？　それに、サイラスさん。この状況は……」
まさに一触即発《いっしょくそくはつ》。
圧倒的な殺気がサイラスさんから振り撒《ま》かれていた。
僕は理解する。
ベルさんの首からは、一筋の血液が流れている。
つまりは……。
「みんな、気をつけてッ！　サイラスは私たちを殺す気だよッ!!」
迫真《はくしん》の声。
あぁ。
ついに、ついに始まってしまったのか。
願わくば、勘違《かんちが》いであって欲しかった。

僕はずっと思っていた。

サイラスさんが裏切り者ではないようにと祈《いの》っていた。

一方で、現実はいつだって非情だ。

希望的観測はしてはならない。

この黄昏の世界は弱肉強食。

弱い者が死に、強い者が生きる。

「おいおい。ベル、何の冗談《じょうだん》だよ」

「待て、ロイ。裏切り者がSランク対魔師の中にいるって話は、あっただろう」

「あぁ……だが、まさかそんなことがあり得るのか？」

状況が掴めていない二人は、明らかに困惑《こんわく》していた。

「ちょうどいい。そうだ。私が裏切り者だよ。第一結界都市の襲撃《しゅうげき》を手配し、エリーも私が直接手を下した。それは、紛《まぎ》れもない事実だ」

「どうして、どうしてなのサイラスッ！」

悲痛な声が響《ひび》く。

ベルさんがここまで感情的になったのを、初めて見た。

「理想の世界を作るためだ」

「理想の世界……そのためには、犠牲《ぎせい》も厭《いと》わないのッ⁉」

「そうだ」

「夢であってほしいと思っていた。そう願っていたよ、サイラス……」

がくりと肩《かた》を落とすベルさん。

その中で、エイラ先輩は冷静だった。

「サイラス。あんたの狙《ねら》いは、ユリアよね？」

「ふむ。厳密には違《ちが》うが、彼の存在は全く気にしていないわけではないよ」

「どうして、人類を裏切ったの？」

「誤解しているようだが、私は裏切ってなどいないよ」

全員ともに、異様な雰囲気《ふんいき》に呑《の》まれてしまっていた。

Ｓランク対魔師序列一位。

人類最強の対魔師とされ、英雄《えいゆう》とまで呼ばれていた存在。

そんな彼が、こうして敵として立ち塞《ふさ》がっている。

すぐに受け入れろという方が、無茶《むちゃ》だった。

「人類に必要なのは、浄化《じょうか》だよ」

「浄化？」

「エイラは知っているだろう。貴族だからこそ、汚《よご》れきっている貴族社会を。軍の上層部、保守派と革新派の人間も権力に囚《とら》われている。それだけではない。対魔師の中にも、腐《くさ》っている人間は数多く存在している」

「それは……知っているけど。でも、だからって殺すの⁉　切り捨てた先に、何が待っているのよ！」

「優《やさ》しい世界だよ」

サイラスさんは饒舌《じょうぜつ》に語り始める。

「おい。サイラス。マジなのかよ……」

「ロイ。君の悪い癖《くせ》は、熱くなりすぎるところだ。対魔師としては優秀《ゆうしゅう》だが、感情はもっとコントロールしないとね」

「お前、あの襲撃の時に、死んでいった仲間をどう思っているんだ？」

「必要な犠牲だ。大義を果たすには、犠牲はつきものだろう？」

「そうか……もう、手遅《ておく》れってことだな」

ロイさんもまた、理解してしまう。

もうサイラスさんに言葉が届くことはないだろう。

「サイラス。お前のことは、学生の頃《ころ》から知っている」

「ギルさん。そうですね。あなたには、お世話になったよ」

「……もしかして、あの事件がきっかけなのか？」

「あぁ。そうだ」

あの事件？

ギルさんはどうやら、知っているようだった。

「家族を失ったのは不幸だった。が、ここまですることなのか？」

「ははは。分かっていないな、あなたは。私にとって、家族は……アリサは全《すべ》てだったんだ。それが奪《うば》われた。圧倒的な理不尽《りふじん》によって。私が目指すのは、二度と私のような者を出さない理想の世界だ。すでに選別は終わっている。残念だが、新しい世界に今のＳランク対魔師を一人も残すつもりはない」

「そうか……」

ギルさんも受け入れたかのように頭を下げる。

一連のやり取りを全て理解できたわけではない。

それでも、僕には口にするべき言葉があった。

「サイラスさん！」

「ユリアくん。君がいなければ、計画はもっと早くに成功していた。全く、本当に邪魔《じゃま》な存在だよ」

「僕だって、思うところはあります。確かに、悪い人間は存在している。だからといって、人の命を奪っていい理由にはならないッ！　人間はやり直すことができます」

「あぁ。若いね。とても、青い。ユリアくん。すでに話は、完全に平行線なんだ。どれだけ対話をしたとしても、私の考えが変わることはない。私の計画は進行しているからね」

笑みを浮かべる。

いつものサイラスさんだ。

どうして、彼がこうなってしまったのか。

話から察するに、家族を失ったのがきっかけらしいが、大切な人を失うことによって……サイラスさんは変わってしまったのか。

「ユリアくん。君は、私の若い頃にそっくりだ。あの事件がなければ、私も君のように人間の善性を信じて、進んでいたのかもしれない」

「なら——ッ！」

罪を償《つぐな》ってやり直すことはできる。

そう口にしようとするが、サイラスさんは首を横に振るう。

「無駄《むだ》だよ。心底思うよ。私は、人間の悪性を見ることができてよかったと。あのまま家族を失うことがなかったとしても、同じようなことは起こっていた。人間はすでに、リセットしないといけないところまで、来てしまったんだ」

「サイラスさん……」

僕はもう、言葉が通じないと理解した時だった。

「サイラス。あなたは、ここで私が殺す……」

ベルさんが魔剣を抜《ぬ》いた。

ベルさんだけではない。

他の人たちも、戦闘態勢に入る。

「ベル。付き合うぜ」

「あぁ。これは俺《おれ》たちの罪でもある」

「……そうね。もう、止まることはできないから」

僕も覚悟を決めないといけない。

「おや、やはりこうなりましたか」

どこからともなく、声が響く。

サイラスさんの後ろからやってきたのは、二人の人間のように見えるが……実際は、違った。

「七魔征皇……やはり、繋《つな》がっていたんだね」

ベルさんが忌々《いまいま》しそうに口にする。

「あぁ。訳《わけ》あって、協力関係にあってね」

「サイラスさん。状況は？」

「予想通りだよ」

「ふむ……彼は、元気なようですね」

「殺してもいいが、生きたままの方がいいのか？」

「はい。出来ればそうですね。まぁ、実際はどちらでもいいですが」

会話をしている中、ベルさんの姿が消える。

特攻《とっこう》。

サイラスさんの首を狙って、ベルさんは駆け出していた。

「おっと。やらせないぜ？」

キイインと高い音が響く。

ベルさんは後方に飛ばされてしまうが、何とか受け身をとってダメージを分散する。

「その剣は……もしかして」

もう一体の七魔征皇。

サイラスさんの隣《となり》にいるやつは以前見たが、片方は見たことがない。

少しだけゆったりとした装いで、右手にはいつの間にか抜いた剣が握《にぎ》られていた。

「ん？　あぁ。お前もしかして、あの剣士《けんし》の弟子《でし》か？　そうか。もう一本は、お前が持っていたのか」

飄々《ひょうひょう》と話を続ける。

「まさか、お前が師匠を？」

「師匠とやらが誰《だれ》か知らないが、その剣を前に持っていたやつは俺が殺した。強かったなあ……いや、本当に強かった。流石《さすが》の俺も、少し焦《あせ》ったからな」

飄々とした様子で、相手は語る。

「——殺すッ!!」

ベルさんが再び特攻しようとするが、ギルさんが右手を伸《の》ばして静止する。

「ベル、落ち着け」

「でも、相手は師匠の仇《かたき》ッ!!」

「分かっている。だからこそ、落ち着け。ここはまだ、暴れていい時じゃない」

「……ごめん」

「分かればいい」

激情に駆られていたベルさんだが、すぐに深呼吸をしてから落ち着く。

「おいおい。俺は今すぐにでも、戦っていいんだぜ？」

「アルフレッドさん。あまり、相手を煽《あお》らないでください。こちらにも、段取りがありますので」

「ふぅ。ま、アウリールがそう言うなら、大人しくしといてやるよ」

「舞台《ぶたい》は整えますので」

アウリールと呼ばれる七魔征皇は、やけに落ち着いていた。

「さて、それでは――」

サイラスさんが再びを口を開く。

「ゲームをしよう。人類の命運を賭《か》けた戦いを、始めようではないか」

エピローグ　絶望の始まり

「あぁ。ゲームだよ」

サイラスさんは依然として、態度を変えることはない。

一触即発の状況。

僕らＳランク対魔師側は、全員が殺気だっており、一方の相手の方は余裕があるような感じだった。

「私の正義と君たちの正義。どちらが正しいのか、決着をつけよう」

「ふざけないで！　サイラス！」

「エイラ。ふざけてなどいない。至極真面目《しごくまじめ》に、説いているだけだ」

「……くっ!!」

先輩は悔《くや》しそうに声を漏《も》らすことしかできなかった。


「ゲーム？」

僕らはそうして、この張り詰《つ》めた状況の中で会話を進めていく。

全員が思っている。

この先、戦闘になると。

ただ、今はタイミングを見計らっている。

サイラスさんと、七魔征皇《しちませいこう》二人。

相手をするには、僕《ぼく》らの戦力でも十分なのか。

それとも……。

そこで、ふと僕は考える。

そもそも、この状況はサイラスさんが作り上げたものだというのなら、どうしてわざわざSランク対魔師を五人も連れてきたのだろう。

もちろん、一気に倒してしまうという考えもあり得るが、そんなに自分たちの戦力に自信があるのか。または、別の何か……。

そこで、今までの発言を思い出してみる。

サイラスさんはあくまで、自分の正義を実行すると言う。

どれだけの犠牲を払《はら》ったとしても、理想の世界を作り上げるのだと。

そして、僕らSランク対魔師の存在は、彼にとって必要ではないと言う。

その発言からして、僕らをここで殺すつもりだと思っていたが……まさか。

と、ある考えがよぎった瞬間《しゅんかん》。

サイラスさんが僕の顔をじっと見つめてくる。

「ユリアくん」

「……何でしょうか」

身構える。

殺気はないにせよ、どこで仕掛けてくるか分からない。

「理不尽に大切なものを奪われる気持ちを、君は知っているかい？」

「……母は病死。父は、黄昏《たそがれ》のせいで死にました」

少しでも時間を稼《かせ》ごうと思って、会話に応じる。

どこかで攻撃《こうげき》する機会を窺《うかが》いながら。

「あぁ。そうだ。理不尽。あまりにも、死は理不尽に訪《おとず》れる。しかし、君は本当の絶望を知らない。自分が守ってきたものが、あっさりと零《こぼ》れ落ちていく絶望。自分の裁量ではどうにもできない世界がある」

「……一体何を言っているんですか？」

サイラスさんは、まるで独り言のように語り始める。

「あぁ。そうだ。世界は、あまりにも醜《みにく》い。だからこそ、私は君たちに絶望を与《あた》えよう。これくらいの困難、君たちの言う正義ならば乗り越《こ》えられるだろう？　人の善性を信じ、それを唯一《ゆいいつ》の正義だと思《おも》い込《こ》んでいる。だが、正義とは勝者にこそ与えられるもの。この先の人類史、どちらが真の英雄として語《かた》り継《つ》がれるのか……決めようではないか」

「……」

話を聞いて、サイラスさんが僕らと戦おうとしていることは、分かったが……なんだ、この違和感《いわかん》は。

僕らに与える絶望？

サイラスさんの語った、正義とやらの話。

一瞬《いっしゅん》のことだった。

僕は、あることを閃《ひらめ》いていた。

「もしかして、僕らをここで倒すのではなく……結界都市から離すことが目的だった……？」

核心《かくしん》をつく言葉だった。

ずっと勘違いをしていた。サイラスさんは、どこかで僕に何かを仕掛けてくるかもしれないと。戦うことは避《さ》けられないと。

それ自体が、完全に的外れだったのだ。

サイラスさんは口角を上げる。

それは、歪《ゆが》んだ笑みだった。

「あぁ。やはり、ユリアくん。君はとても優秀だ。そう……君たちは、Sランク対魔師の中でも、最も厄介《やっかい》な存在。だからこそ、距離を取らせてもらった。さて、そろそろ別れの時間だ」

「まさか⁉」

隣に立っているアウリールという七魔征皇が、魔法《まほう》を発動する。

あれは……転移魔法⁉

全ての点と点が繋がっていく。

サイラスさんは、僕らをここで殺そうとしていたわけではない。

再び結界都市を墜《お》とすために、邪魔な存在を遠くに連れてきただけだったんだ！

「せいぜい、足掻《あが》くといい。どうしようもない絶望が、この先に待っていることを。自分たちの正義では、成《な》し遂《と》げることはできないのだと。君たちにとって大切な存在を全て、私は蹂躙する。では――待っているよ」

転移魔法を発動させるわけにはいかない。

僕はすでに、体を動かしていた。

全開で身体強化を発動させ、突撃《とつげき》していく。

他の人たちもすでに迫《せま》っていたが、僕が一番速かった。

しかし……。

「残念ですが、私の魔法の方が速かったようです。さようなら、Sランク対魔師の諸君。新しい世界で、お会いしましょう」

アウリールの言葉を最後にして、魔《ま》法陣《ほうじん》の中へと飲《の》み込まれていく三人。

この場に残ったのは、僕ら五人だけだった。

「……結界？」

ベルさんがそう言葉にする。

いつの間にか展開されている結界。

さらには、気がつけば大量の魔物に囲まれていた。

「どうやら、俺たちをどうしても結界都市に帰したくないらしいな」

「あぁ。このままだと、まずいな……」

ロイさんとギルさんの言葉の通り、サイラスさんは今度こそ決着をつける気だ。

早く、早く結界都市に戻《もど》らないといけない。

「やるしかないわね」

「……早く戻らないと、みんなが」

「はい。絶対に、負けるわけにはいきません。この戦いだけは」

そうだ。

まだ、負けたわけじゃない。絶対に、間に合わせる。

サイラスさんの暴走を止めるためにも、僕らは絶対に彼の計画を阻止《そし》しないといけない。

こうして、人類の命運をかけた戦いが——幕を開けた。

あとがき

初めましての方は、初めまして。

三巻から続けてお買い上げくださった方は、お久しぶりです。

作者の御子柴奈々《みこしばなな》です。

この度は星の数ほどある作品の中から、本作を購入していただきありがとうございます。

ここから先は、四巻の内容を振り返りますのでご注意ください！

さて、四巻はいかがでしたでしょうか？

人類側としてはかなりの躍進となり、状況も大きく動くことになりました。

ユリアも英雄と呼ばれるようになり、彼自身も前に進んでいますが……完璧に上手くいくこともなく。

一巻からずっと、裏切り者の存在は仄《ほのめ》かしていましたが、ついに正体が明らかになることになりました。

もともと、序列一位のサイラスが裏切り者というのはずっと考えていて、四巻でついに出すことができました。

あくまで私の個人的な感覚なのですが、敵役にも魅力がある方がかっこいいというか、一概に純粋な悪というよりも、どこか歪んでいる方が好きだったりします。

四巻ではサイラスの過去を書いている時が、一番筆が乗っていました（笑）。

また、他のキャラクターたち、特にベルの件も今後は掘り下げたいと思っています。

新しく登場した七魔征皇がベルの師匠の仇であるというのは、Ｗｅｂ版からの流れを踏襲したものになります。

といっても、書籍版は完全書き下ろしで、別ルートで展開しているのでＷｅｂ版のような決着にはならないと思います。

ヒロインたちの活躍も、次巻では描いていけたらいいなと思っています。

諸々含めて次巻は割と重めな内容になるかもしれませんが、ご期待していただければ幸いです。

さて、もう冬になりましたね。

このあとがきを書いている時は、秋というかもう冬です。

毎年思うのですが、秋の存在感が全くないんですよね。

確か、十月の中旬に雨が降った後に急激に寒くなって、秋があっという間に消え去りました。

秋は四季の中でも一番短い気がしますね〜。それと、冬といえば鍋の季節！

皆さんは、何の鍋が好きでしょうか？

私は断然キムチ！

と言いたいところですが、現在は絶賛しょうゆ鍋にハマっています。

今まではウーバーイーツばかりでしたが、冬はこうして鍋が食べられるので健康的にはプラスかもしれません。

いや、本当に健康には気をつけないといけないと思っています。

大人になってから改めて思いましたが、やっぱり健康は大事だなぁと。

これからさらに寒さが厳しくなっていくと思いますが、読者のみなさまもご自愛ください。

謝辞になります。

岩本ゼロゴ先生、いつも素晴らしいイラストをありがとうございます。

自分の思い描いた以上のイラストで、毎回本当に感謝しております。

担当編集さまには、毎度とてもお世話になっております。

書籍化作業にも慣れてきたと思っていますが、まだまだ拙い面が多く。

鋭いご指摘に、とても助けられております。

また、現在コミックス一巻が発売中です。

ぜひ、コミックスの方もよろしくお願いいたします！

次巻はついに五巻ですね。

一巻を出してから、時が経つのが本当に早いなあと思います。

既に言及しましたが、五巻はある種の区切りになる内容になります。

他のキャラクターも掘り下げると言いましたが、やはりメインはユリアとサイラス。

どちらも英雄と呼ばれましたが、対極の存在になっています。

ユリアの正義か、サイラスの正義。

どちらが勝利するのか、そしてどのような結末を迎えるのか。

五巻はより一層気合を入れて執筆しようと思います。自分でハードルを上げるのも、難ですが（笑）。

それでは、また次巻でお会いいたしましょう。

二〇二一年　十一月　御子柴奈々

HJ文庫 https://firecross.jp/
970

追放された落ちこぼれ、辺境で生き抜いてSランク対魔師に成り上がる4

2021年12月1日　初版発行

著者——御子柴奈々

発行者—松下大介
発行所—株式会社ホビージャパン

〒151-0053
東京都渋谷区代々木2-15-8
電話　03(5304)7604（編集）
　　　03(5304)9112（営業）

印刷所——大日本印刷株式会社

装丁——BELL'S／株式会社エストール

乱丁・落丁（本のページの順序の間違いや抜け落ち）は購入された店舗名を明記して
当社出版営業課までお送りください。送料は当社負担でお取り替えいたします。
但し、古書店で購入したものについてはお取り替えできません。

禁無断転載・複製

定価はカバーに明記してあります。

©Nana Mikoshiba

Printed in Japan

ISBN978-4-7986-2676-5　C0193

ファンレター、作品のご感想お待ちしております

〒151−0053　東京都渋谷区代々木2−15−8
(株)ホビージャパン HJ文庫編集部 気付
御子柴奈々 先生／岩本ゼロゴ 先生

アンケートはWeb上にて受け付けております

https://questant.jp/q/hjbunko

- 一部対応していない端末があります。
- サイトへのアクセスにかかる通信費はご負担ください。
- 中学生以下の方は、保護者の了承を得てからご回答ください。
- ご回答頂けた方の中から抽選で毎月10名様に、
HJ文庫オリジナルグッズをお贈りいたします。

コミカライズ
「コミックファイア」にて
好評連載中!
漫画：水清十朗
原作：御子柴奈々
キャラクター原案：岩本ゼロゴ
「小説家になろう」発、
学園無双ファンタジー!
第①～④巻好評発売中!
コミックス①巻も発売中!

追放された落ちこぼれ、
辺境で生き抜いて
Sランク対魔師に成り上がる
御子柴奈々
イラスト：岩本ゼロゴ
HJ文庫

HJ文庫毎月1日発売！

伝説の魔導王、千年後の世界で新入生になる 1
～零からやり直す学園無双～

著者／空埜一樹
イラスト／ぷきゅのすけ

転生した魔導王、魔力量が最低でも極めた支援魔法で無双する!!!!

魔力量が最低ながら魔導王とまで呼ばれた最強の支援魔導士セロ。彼は更なる魔導探求のため転生し、自ら創設した学園へ通うことを決める。だが次に目覚めたのは千年後の世界。しかも支援魔法が退化していた!?　理想の学生生活のため、最強の新入生セロは極めた支援魔法で学園の強者たちを圧倒する――!!

発行：株式会社ホビージャパン

「世界最強」が挑む最難関任務は、平穏無事な学園生活!?

最強魔法師の隠遁計画

著者／イズシロ　イラスト／ミユキルリア

魔物が跋扈する世界。天才魔法師のアルス・レーギンは、圧倒的実績で軍役を満了し、16歳で退役を申請。だが10万人以上いる魔法師の頂点「シングル魔法師」としての実力から、紆余曲折の末、彼は身分を隠して魔法学院に通い、後任を育成することに。美少女魔法師育成の影で魔物討伐をもこなす、アルスの英雄譚が、今始まる！

シリーズ既刊好評発売中

最強魔法師の隠遁計画1～12

最新巻　最強魔法師の隠遁計画 13

HJ文庫毎月1日発売　発行：株式会社ホビージャパン

亜人の眷属となった時、無能は最強へと変貌する!!

最弱無能が玉座へ至る

~人間社会の落ちこぼれ、亜人の眷属になって成り上がる~

著者/坂石遊作　イラスト/刀 彼方

能力を持たないために学園で落ちこぼれ扱いされている少年ケイル。ある日、純血の吸血鬼クレアと出会い、成り行きで彼女の眷属となった時、ケイル本人すら知らなかった最強の能力が目覚める!!　亜人の眷属となった時だけ発動するその力で、無能な少年は無双する!!

シリーズ既刊好評発売中

最弱無能が玉座へ至る 1~2

最新巻　最弱無能が玉座へ至る 3

HJ文庫毎月1日発売　発行:株式会社ホビージャパン

異世界に転生した青年を待ち受ける数多の運命、そして──。

精霊幻想記

著者／北山結莉　イラスト／Ｒｉｖ

孤児としてスラム街で生きる七歳の少年リオ。彼はある日、かつて自分が天川春人という日本人の大学生であったことを思い出す。前世の記憶より、精神年齢が飛躍的に上昇したリオは、今後どう生きていくべきか考え始める。だがその最中、彼は偶然にも少女誘拐の現場に居合わせてしまい!?

シリーズ既刊好評発売中

精霊幻想記 1～19

最新巻　精霊幻想記 20.彼女の聖戦

HJ文庫毎月1日発売　発行：株式会社ホビージャパン

生来の体質は劣等だけど、その身の才能は規格外!!

魔界帰りの劣等能力者

著者／たすろう　イラスト／かる

堂杜祐人は霊力も魔力も使えない劣等能力者。魔界と繋がる洞窟を守護する一族としては落ちこぼれの彼だが、ある理由から魔界に赴いて——魔神を殺して帰ってきた!!
　天賦の才を発揮した祐人は高校進学の傍ら、異能者として活動するための試験を受けることになり……。

シリーズ既刊好評発売中

魔界帰りの劣等能力者 1～6

最新巻 魔界帰りの劣等能力者 7.呪いの劣等能力者

HJ文庫毎月1日発売　発行：株式会社ホビージャパン

「好色」の力を持つ魔帝後継者、女子学院の魔術教師に!?

魔帝教師と従属少女の背徳契約

著者／虹元喜多朗　イラスト／ヨシモト

「好色」の力を秘めた大魔帝の後継者、ジョゼフ。彼は魔術界の頂点を目指し、己を慕う悪魔姫リリスと共に、魔術女学院の教師となる。帝座を継ぐ条件は、複数の美少女従者らと性愛の絆を結ぶこと。だが謎の敵対者が現れたことで、彼と教え子たちは、巨大な魔術バトルに巻き込まれていく！

シリーズ既刊好評発売中

魔帝教師と従属少女の背徳契約 1

最新巻　**魔帝教師と従属少女の背徳契約 2**

HJ文庫毎月1日発売　発行：株式会社ホビージャパン

君が望んでいた冒険がここにある——。

<Infinite Dendrogram> -インフィニット・デンドログラム-

著者／海道左近　イラスト／タイキ

一大ムーブメントとなって世界を席巻した新作 VRMMO ＜Infinite Dendrogram＞。その発売から一年半後。大学受験を終えて東京で一人暮らしを始めた青年「椋鳥玲二」は、長い受験勉強の終了を記念して、兄に誘われていた＜Infinite Dendrogram＞を始めるのだった。小説家になろう VR ゲーム部門年間一位の超人気作ついに登場！

シリーズ既刊好評発売中

<Infinite Dendrogram>-インフィニット・デンドログラム-1～16

最新巻 <Infinite Dendrogram>-インフィニット・デンドログラム- 17.白猫クレイドル

HJ 文庫毎月 1 日発売　発行：株式会社ホビージャパン

HJ文庫毎月1日発売！

最凶の魔王に鍛えられた勇者、異世界帰還者たちの学園で無双する 1

著者／紺野千昭
イラスト／fame

最強の力を手にした少年、勇者達から美少女魔王を守り抜け！

三千もの世界を滅ぼした魔王フェリス。彼女の下、異世界で三万年もの間修行をした九条恭弥は最強の力を手にフェリスと共に現代日本へ帰還する。そんな恭弥を待ち受けていたのは異世界より帰還した勇者が集う学園で——!?　最凶魔王に鍛えられた落伍勇者の無双譚開幕!!

発行：株式会社ホビージャパン

小説家になろう発、最強魔王の転生無双譚！

常勝魔王のやりなおし

著者／アカバコウヨウ　イラスト／アジシオ

最強と呼ばれた魔王ジークが女勇者ミアに倒されてから五百年後、勇者の末裔は傲慢の限りを尽くしていた。底辺冒険者のアルはそんな勇者に騙され呪いの剣を手にしてしまう。しかしその剣はアルに魔王ジークの全ての力と記憶を取り戻させるものだった。魔王ジークの転生者として、アルは腐った勇者を一掃する旅に出る。

シリーズ既刊好評発売中

常勝魔王のやりなおし 1〜2

最新巻　常勝魔王のやりなおし 3

HJ文庫毎月1日発売　発行：株式会社ホビージャパン

最強の見習い騎士♀のファンタジー英雄譚、開幕!!

英雄王、武を極めるため転生す ～そして、世界最強の見習い騎士♀～

著者／ハヤケン　イラスト／Nagu

女神の加護を受け『神騎士』となり、巨大な王国を打ち立てた偉大なる英雄王イングリス。国や民に尽くした彼は天に召される直前、今度は自分自身のために生きる＝武を極めることを望み、未来へと転生を果たすが——まさかの女の子に転生!?

シリーズ既刊好評発売中

英雄王、武を極めるため転生す ～そして、世界最強の見習い騎士♀～ 1～5

最新巻 英雄王、武を極めるため転生す ～そして、世界最強の見習い騎士♀～ 6

HJ文庫毎月1日発売　発行：株式会社ホビージャパン

モブな男子高校生の成り上がり英雄譚!

モブから始まる探索英雄譚

著者／海翔　イラスト／あるみっく

貧弱ステータスのモブキャラである高校生・高木海斗は、日本に出現したダンジョンで、毎日スライムを狩り、せっせと小遣稼ぎをする探索者。ある日そんな彼の前に、見たこともない金色のスライムが現れる。困惑しつつも倒すと、サーバントカードと呼ばれる激レアアイテムが出現し……。

シリーズ既刊好評発売中

モブから始まる探索英雄譚 2

最新巻　モブから始まる探索英雄譚 3

HJ文庫毎月1日発売　　発行：株式会社ホビージャパン